青灯集

崔云 著

北方联合出版传媒(集团)股份有限公司
春风文艺出版社
·沈 阳·

图书在版编目（CIP）数据

青灯集／崔云著．—沈阳：春风文艺出版社，2023.9
ISBN 978-7-5313-6436-8

Ⅰ.①青… Ⅱ.①崔… Ⅲ.①散文集—中国—当代 Ⅳ.①I267

中国国家版本馆 CIP 数据核字（2023）第 089797 号

北方联合出版传媒（集团）股份有限公司
春风文艺出版社出版发行
沈阳市和平区十一纬路 25 号　　邮编：110003
四川科德彩色数码科技有限公司印刷

责任编辑：韩　喆　平青立	责任校对：陈　杰
字　　数：151 千字	幅面尺寸：145mm×210mm
版　　次：2023 年 9 月第 1 版	印　　张：6.875
书　　号：ISBN 978-7-5313-6436-8	印　　次：2023 年 9 月第 1 次
	定　　价：48.00 元

版权专有　侵权必究　举报电话：024-23284391
如有质量问题，请拨打电话：024-23284384

自　序

那是1984年，我16岁，站在湖北省荆州地区初中作文竞赛一等奖的领奖台上，我欢欣雀跃，心中充满了欢喜与感恩。我被保送当地的重点高中，这是我人生中第一次高光时刻。为了这一天，我其实已跋涉了六年时间，从小学三年级开始便养成课外阅读、观察思考及写日记的好习惯，语文老师的循循善诱和谆谆教诲，早已让文学的种子深植于心田，终于到了开花结果的时节，但这绝对不是我一个人的功劳，应是与恩师同享荣光。从18岁发表第一篇文学处女作，到出版多部散文、随笔集，一晃已是近40年光景，人生早过半百，只能感慨岁月如梭，当年的青涩少女如今已是鬓染霜花，但对文学的痴恋一如当初，不曾有丝毫改变。

从荆楚大地到南海之滨，走遍万水千山，文学与我，一路不离不弃、快乐相伴。孤独时与之相偎取暖，喧嚣时从中觅得清欢，失意时在文字中汲取力量……写作，是与自己的心对话，没有矫饰更无挂碍，而是完全地开放，全方位地展示。

踏入社会后，我有过近十年的文化从业经历。我曾以记者的身份深入田间地头、工矿厂房实地采访，一个个寻常人的鲜活故事在笔端流淌，我的内心常被那些平凡人物的不平凡经历深深打动；我也曾伴着青灯用心编辑文学期刊，发掘文学新秀，每天面对从四面八方雪片般飞来的作者来稿及读者来信，我一次次为他们对文学的热爱与执着而感动。在文学的殿堂，众生平等，朝圣者一直熙熙攘攘。

2001年的金秋十月，渴望改变生活与命运的我虽已过而立之年，却毅然放弃了在别人看来十分光鲜的文化工作，怀揣着梦想只身来到了改革开放的前沿阵地——浪漫之城珠海，万事不求人的我坚信自己能用手中的笔开拓出一片新天地。但经济特区的快节奏和高压力很快就浇灭了我心头的热望，这里没有太多的文化阵地，谋一份与文化相关的职业竟成了一种奢望，想创办一份纯文学期刊更是无异于痴人说梦。为此，我曾失落、惆怅了很长一段时间。但开弓没有回头箭，于是我改行从事之前从未涉足过的社团工作，从此我便成了一个文化边缘人。没想到我在社团工作领域一干就是20多年，并先后发起成立了两家社会组织。让人庆幸的是，这份工作给了我体验生活的广阔舞台和绵绵不绝的创作灵感与源泉，在与各类人群打交道的过程中，让我触摸到生活的本真，挖掘出一个个感人肺腑的故事，让我不由自主地拿起了手中的笔。这大概就是人们常说的"借别人的故事，浇心中的块垒"吧！

慈善工作更多的时候是与苦难打交道，每有大灾大难或重大意外发生时，慈善从业者总是快速反应，迅速行动，冲锋在前，发动社会捐款捐物或是组织人员参与救援。从2008年的汶川地震到后来的青海玉树地震、甘肃舟曲泥石流、西南旱灾、珠海超强台风"天鸽"、疫情等，我都曾带队亲临一线进行过慰问或以志愿服务者的身份参与其中，深切感受到人类在灾难面前的无助与个体生命的渺小。但令人欣慰的是，中华儿女心手相牵、众志成城、守望互助，每一次都用执着的坚守、坚定的"逆行"和无私奉献最终战胜了各种灾难。其实，中华民族五千年的发展史，也是一部饱经风霜的苦难史，筚路蓝缕，向死而生。人性的美好一次次打动了我，让我情不能抑，泪湿眼眶。而常态化的结对帮扶、贫困救济等，则如润物细无声的春雨，暖人心怀，那来自素不相识的好心人的关爱，为一个个无助者撑起了一方爱的晴空。好人就在身边，也许就是你我。授人玫瑰，手有余香。大家用行动认真践行着这爱的真谛，处处洋溢着人格的芬芳。经济硬指标，慈善软实力。一座有爱的城市，才有温度与暖意，才会让人诗意地栖息，这也是我热爱珠海的重要原因。

在繁忙的工作之余，在稍有闲暇的节假日，利用碎片化时间写作已成了我多年来的习惯，由于短平快，有时不免会泥沙俱下、"烟熏火燎"，但篇篇文章皆是有感而发，它们都曾深深触动过我的灵魂。每一篇文章都是从生活的浪花中或心灵深处流淌出的一首首歌，得到灵感与"生产"的过程是激动与欣喜交织的，由于融入了自己的切身体会与深切思考，显得格外真实，写起来亦轻松自在。时间之宝贵，对于读者也一样，尽管有多年的写作实践，我依然不自信，总担心写得不好而浪费读者诸君的宝贵时间，并常常因此而深感不安。

进入中年以后的人，更多会直面死亡这一沉重话题，身边朋友的骤逝，挚爱亲人的永别，让我们仿佛一下子看到了生命的尽头，无力与无助感异常强烈，我们会因此而感伤，甚至情绪陷入冰点。但正是死亡，教会了我们更加珍爱生命，珍惜当下。在一次次送别中，在泪水一次次模糊了双眼时，我们会严肃而认真地思考生命的终极意义与价值。

走好人生的每一步，是我们的使命。而一生中，我们却在不断的得到与失去、相聚和别离中走向生命的远方。生老病死、悲欢离合交织，高峰低谷、成败得失相伴，是一个个平凡普通人的生活常态。"无常是恒常"已成为大家的共识，解脱之道便是看淡放下，不执着于已有的，不纠结于未得的或失去的，始终向上向善，用阳光心态让自己充实，快乐地过好每一天，这便是中年以后的我坚持修炼并期望达到的境界。

回望50多年的人生历程，从故乡到异乡，从内地到沿海，我艰难地克服了水土不服，一路跌跌撞撞、曲曲折折，在异乡向阳而生，倔强地成长，最终踏平坎坷成大道，收获了一份属于自己的喜悦。我觉得自己是何其幸运！以手中的笔为自己开拓出一条精神的朝圣之路，我做到了。其中除了初心的坚守，还有不懈的努力与奋斗。世上没有什么救世主，自己才是生命的摆渡人和命运的真正主宰。没有谁会随随便便成功，拼到筋疲力尽时，"柳暗花明又一村"也许就会变成现实。

对生与死的终极追问，倒逼着我们奋起抗争，永不懈怠。这一生可以平凡，但绝不可以平庸，而要无怨无悔！生命有限，如今的我更有一种时不我待的责任感与使命感，在前行的路上，依然会用尽心力。

感谢文字，为我真实记录下生命的过往经历、人生的悲欢离合，穿起一段段难忘的回忆，慰我心灵，暖我胸怀。

写作的过程是发现自我与大美的过程,虽苦犹乐。这一路,我别离故土亲朋,但与文学却是如影随形,相偎取暖。生命有限,知识无涯。汲取智慧与力量,是为了更好地前行。我希望自己的文字能向社会传递爱与温暖,希望读者朋友能从作品中得到智慧、启发与安慰,当然,如果能意外地给大家带来一丝喜悦、送去一片绿荫,我会甚感欣慰。

　　生命澄澈,只因为已走过万水千山。

目 录
CONTENTS

第一辑

苏轼，永远的男神	/ 002
亲情照亮人生	/ 006
不朽的约定	/ 021
身在俗世不染尘	/ 025
低到尘埃里，也要开出花来	/ 034
女人如花花似梦	/ 038
放手，才是归途	/ 042
那岛，那石，那人	/ 048
那洲古村行	/ 053
美丽乡村	/ 058

第二辑

看 云	/ 064
听 雨	/ 067
说 禅	/ 071
缕缕茶香	/ 075
世界，你早	/ 079
家里来了小可爱	/ 082
与故乡的秋天撞个满怀	/ 087
春	/ 091
淡然处世	/ 095

第三辑

这个人就是妈	/ 100
所有的努力都不会白费	/ 104
长在猿山	/ 108
生命之光	/ 113
心灵捕手	/ 117
幸运的哥	/ 122
意 外	/ 126
愿所有不幸皆成风	/ 131
坦然走向更年期	/ 135

生活是自己的，与别人无关 / 139
日子，不是活给别人看的 / 143
悼友人 / 147
唯有别离多 / 150
被意外改写的人生 / 153
就让往事随风 / 156
孩子，我该如何爱你 / 160
人，吃的都是自己的亏 / 169
幸运鸟 / 175

第四辑

慈善，人人可为 / 180
愿做世间一朵莲 / 183
"吹大师" / 186
就让我来帮助你 / 192
点点滴滴都是善意的表达 / 197
爱的小秘密 / 200
快乐就在不远处招手 / 203

第一辑

苏轼，永远的男神

一提起苏轼，相信不少人的嘴角都会不由自主地微微上扬，掩饰不住笑意，那是一种发自内心的喜爱与欣赏。他的千古文章和传奇人生，他的侠肝义胆和重情重义等，都能激发人们的无限遐想。

人们常说"好看的面孔千篇一律，有趣的灵魂万里挑一"，苏轼就是那个有着独一无二灵魂的人，一个有着思想的高度和感情的温度的人，他"心中有乾坤，眼里有日月"，不忧不惧，活得快乐洒脱，将日子过得诗情画意，他的内心一如他的生活，热气腾腾，香气四溢。

"世事洞明皆学问，人情练达即文章。"前半句适合苏轼，而后半句却并不适合他。在苏轼眼中，上至玉皇大帝，下至普通百姓甚至乞丐，没有谁不是好的，他对人没有分别与防备之心，也正是因为他的单纯和善良，对于人心的险恶及人性的复杂他自然无法看得真切，从而导致他在现实中一再跌跤。但即使碰得头破血流，苏轼一生也未改其性。他以自己的不变，应着世事的万变。他以一颗赤子之心，对抗着外界的风霜雨雪，以自己的博大胸怀与旷世才情，为后世留下了无数脍炙人口的文学经典，至今为人们所津津乐道，他用艺术、思想及人格铸就的丰碑，令人景仰。

是苏轼真的不懂世故人情吗？显然不是，否则他写不出在亲情、爱情、友情、豪情等各题材上都独领风骚的盖世之作，如冠绝古今的中秋词《水调歌头·明月几时有》、让人泪目的吊唁词《江城子·十年生死两茫茫》、描写友情的《八声甘州·有情风万里卷潮来》、描写豪情的《江城子·老夫聊发少年狂》等千古流传的诗词名篇。宦海沉浮中，他早已看透了世态炎凉和人情冷暖。他少年得志，意气风发；中年愈挫愈奋，不坠青云之志；晚年旷达淡泊，物我两忘。他的人生和他的文字一样耐人寻味。而流淌在其作品中的至情至性，至今仍深深打动着万千读者的心。

人生最高的境界，就是看破了红尘，却依然选择热爱。苏轼的一生比很多人都活得精彩，那一篇篇脍炙人口的佳作，那一项项造福百姓的政绩，还有他亲手研制的一道道美味佳肴，至今仍滋养着我们的身心，尤其是他的诗词，可以说道尽了人间事。从"人生到处知何似，应似飞鸿踏雪泥"到"人有悲欢离合，月有阴晴圆缺"，从"不识庐山真面目，只缘身在此山中"到"回首向来萧瑟处，归去，也无风雨也无晴"，从"人生如逆旅，我亦是行人"到"人间有味是清欢"，从"江山风月，本无常主，闲者便是主人"到"此心安处是吾乡"……这些诗词无不充满了哲理，闪耀着思想和智慧的光芒，道出了人生的种种况味。可以肯定地说，苏轼对亲情、爱、生命比一般人的感悟要真切许多；关于人生、命运和宇宙，他比别人的领会要深刻许多。正因为如此，他的作品才会成为传世经典，常读常新，让身处不同境遇下的人都会与之产生强烈的共鸣，以至后来的我们常常把苏轼作为人生的参照。面对挫折和逆境时，学习他随缘自适的旷达乐观；感到困惑和焦虑时，学习他从容面对的洒脱淡定。

平淡的日子有诗意，心安才是最高境界。因为懂得，所以看淡并放下，不管现实多么残酷无情，苏轼都能寻找到丝丝光明，以心转境，将苦日子过得有暖意。滚滚红尘中，如何将心安顿好？苏轼给了我们最佳答案。

命运的千回百转，现实的千锤百炼，锻造出了苏轼百折不挠的坚忍和刚毅。试想一下，苏轼一生倘若没有经历这么多磨难，他会成为今天大众喜爱的苏东坡吗？答案应该是否定的。最值得庆幸的是，不管身处何种境地，苏轼身边始终有亲人和朋友相伴，为他撑起一方爱的晴空，给予他前行的力量与勇气。三个流放地：黄州、惠州、儋州，竟然成了苏轼文学成就的最高峰，前后《赤壁赋》《念奴娇·赤壁怀古》等千古名篇，穿越历史的烟雨，依然在人们心中回响。苏轼的才情在外界的挤压下如火山般爆发，他的诗、书、画都独步文坛和艺坛，成为一个时代的象征。身陷万丈深渊，他的生活热情和激情却一次次被点燃，在苦寒中，他用心温暖自己和他人，将日子过得有滋有味。他发明的东坡饼、东坡肉、东坡鱼等美食至今为人们所享用。如果不是极度热爱生活,如果没有一颗柔软的心,苏轼是断然不会把日子过得如此活色生香的。

人到中年后,我更喜欢苏轼这样的人,他清风一样在尘世过完了自己的一生,没有给自己留下太多遗憾,却给后世留下了如此宝贵的精神财富和无尽的念想。

如果您正处于人生的低谷,就请想一想离我们近千年的大文豪苏轼吧!想想他在苦难甚至绝境中如何让自己的生命开出了绚丽的花朵,我们的心绪便会逐渐归于宁静,再大的生活难关,我们都能跨越!

亲情照亮人生

情同手足兄弟情

苏轼在中国乃至世界历史上是一位极具个人魅力和影响力的政治家、思想家和文学家，千百年来，他备受人们的喜爱和推崇。他跌宕起伏的命运、达观超脱的性情，以及他雄视千年的奇文，都深深吸引着人们关注的目光。苏轼为官有建树，为文屡传世，这与他的才学、修养固然密不可分，但亲情的滋养才是他不断前行的永恒动力。即使濒临绝境，亲人们始终对他不离不弃，与他患难与共，用爱和亲情为他撑起一方温暖的晴空，给予他不断前行的勇气和不竭的创作源泉。而其中最动人的当是他与苏辙情同手足的兄弟情。

苏轼与苏辙，曾在北宋的政坛和文坛熠熠生辉，在中国文化史上犹如两颗耀眼的双子星，大放光芒。苏轼自幼与弟弟苏辙形影不离，亲密无间。两人少时师从父亲苏洵，他们共同切磋知识，共同成长进步，后来又同中进士，同入仕途，早已成为彼此生命中最为亲密的朋友和知己。苏轼因"乌台诗案"下狱后,以为自己可能会被定死罪,曾写诀别诗给苏辙,其中两句"与君世世为兄弟,更结来生未了因",连宋神宗看了也大为感动。林语堂感慨:"他们兄弟之间的友爱与以后顺逆荣枯过程中深厚的手足之情,是苏东坡这个诗人毕生歌咏的题材。兄弟二人忧伤时相慰藉,患难时相扶助,彼此相会于梦寐之间,写诗互赠以通音信。甚至在中国伦理道德之邦,兄弟间彼此友爱之美,也是迥不寻常的。"

苏轼与苏辙终生以诗文唱和,共勉人生,两人仅往来的诗词就多达二百余首,足见兄弟情谊之深厚。不管身在何处,也不管处于何种境地,他俩都始终相互牵挂,彼此激励,用诗词或倾诉思念之情,或叙述旅途见闻,或借物抒怀咏志,或针砭社会现实表达济世之志,或表达人生感悟及归隐之心等,各种感情杂糅其中,流淌着人间至真至纯的兄弟情谊。

初入仕途,苏轼在赴凤翔为官途中,写下了兄弟俩分别以来的第一首诗《和子由渑池怀旧》:

> 人生到处知何似?应似飞鸿踏雪泥。
> 泥上偶然留指爪,鸿飞那复计东西。
> 老僧已死成新塔,坏壁无由见旧题。
> 往日崎岖还记否?路长人困蹇驴嘶。

渑池曾是父亲苏洵带苏轼与苏辙赴京城赶考途中做短暂停

留的地方，并得到了寺庙老僧的照顾。如今老僧已逝，而过去的题诗还在僧壁，眼下的自己与弟弟天各一方，可谓物是人非，万千思绪涌上心头，不禁感慨世事的变幻和人生的无常及对往事旧迹的深情眷恋，年仅 22 岁的苏轼遂提笔写下这首颇有深意与哲理的著名诗篇。诗中关于人生、理想和命运的深切思考，足以引起人们强烈的共鸣。这是年轻的苏轼与弟弟苏辙的共勉之词，其中真情，耐人寻味。

从此，他俩不管在天南海北，不管得意失意、顺境逆境，都以诗文相和，相互关心与牵挂，彼此慰藉与勉励。苏轼在写给好友李常的一首诗中曾说："嗟余寡兄弟，四海一子由。"

苏轼的母亲程氏在他高中进士的当年（1056 年）在四川老家病逝，父亲苏洵也在苏轼入仕后不到十年（1066 年）便去世，从此，苏轼和苏辙就成了彼此生命中最大的依靠和最亲的人，只要有兄弟在的地方就是故乡。

当宋神宗熙宁九年（1076 年）的中秋佳节来临之际，在合家团圆举杯共庆之时，一轮明月勾起当时在政治上十分失意的苏轼对弟弟苏辙深深的思念之情，于是他在醉意朦胧中写下了被世人公认最好的中秋词《水调歌头·明月几时有》：

丙辰中秋，欢饮达旦，大醉，作此篇，兼怀子由。

明月几时有？把酒问青天。不知天上宫阙，今昔是何年。我欲乘风归去，又恐琼楼玉宇，高处不胜寒。起舞弄清影，何似在人间。

转朱阁，低绮户，照无眠。不应有恨，何事长向别时圆？人有悲欢离合，月有阴晴圆缺，此事古难全。但愿人长久，千里共婵娟。

由于与王安石政见不和，苏轼自请离开朝廷去外地做官，以远离是非纷扰。在中秋团圆之夜，苏轼于清辉之下独酌大醉，借一轮朗照的明月抒发人生感慨。词中千回百转的情感，清新如画的意境，绵绵不绝的思绪，流淌的是对兄弟的满腔思念之情，以及对人生宇宙的哲理思考，具有强烈的艺术感染力，成为中秋词之绝唱。

彼时兄弟俩虽同在山东为官，却因为朝廷的规定，阔别六七年无法相见，如今又到中秋佳节，加上政治上的失意，思念之情倍增。一轮月光，传递着人间最纯净的情谊。"人有悲欢离合，月有阴晴圆缺"，这是自然规律，更是人世间的辩证法，谁也无法改变。悟到了这些，苏轼便放下了心中的千种愁绪、万般纠结，心绪由浮躁芜杂归于宁静安然，他在出世与入世之间最终找到了心的归宿。而"但愿人长久，千里共婵娟"传达出的深情，则成了全球华人共同的向往与美好祝愿。

这首脍炙人口的中秋词传达出的千古情谊让人浮想联翩，情不能已。词评家胡仔《苕溪渔隐丛话》说："中秋词，自东坡《水调歌头》一出，余词尽废。"

苏轼与弟弟苏辙间深厚的手足之情，可谓世所罕见。兄弟二人在人生的荣枯中相互鼓励与扶助，写诗词互赠以通音信，在诗文上互相切磋，在感情上互相慰藉，这不同寻常的兄弟情伴随了彼此终生。

苏轼生性洒脱不羁，超然达观，而苏辙却恬静机敏，敦厚稳健。这种互补的性格反倒使两人的感情愈加深厚，苏轼在《初别子由》一诗中写道："我少知子由，天资和而清。好学老益坚，表里渐融明。岂独为吾弟，要是贤友生。"

苏轼宦海沉浮，屡次被贬，身边总有弟弟苏辙在默默支持他，在情感上安慰他，在政治上为他着想，在经济上倾囊相助。因为苏轼的牵连，苏辙曾遭到贬官，却毫无怨言，他甚至要求朝廷削减自己的官职以减轻哥哥的罪责。如此大仁大义大爱的兄弟，实乃世所罕见，让人动容。

苏轼最后一次被贬海南儋州时，苏辙也因为受到哥哥的牵连而被贬广东雷州，兄弟俩在广东徐闻依依惜别，同是天涯沦落人的感悟让已到人生暮年的他们唏嘘不已。从此，苏轼居海南，苏辙居雷州，彼此隔海相望。但是，不管相隔千里万里，都阻隔不了兄弟俩的血脉亲情，他们始终在情感和精神上心心相印，息息相通。只是没想到此一别竟成千古，这也成了苏辙对兄长最为伤心的回忆。

苏轼去世后，苏辙在兄长的墓志铭上写道："我初从公，赖以有知。抚我则兄，诲我则师。"道出二人亦兄弟、亦朋友、亦师生的情谊。这份似海深情，照亮了他们彼此人生的路途，亦照亮了人心，成为千古传颂的一段佳话，也让苏轼诗词中的兄弟情格外动人。

相濡以沫夫妻情

在苏轼的情感世界里，有三位十分重要的女性，她们分别是：结发妻子王弗、续弦妻子王闰之、侍妾王朝云。她们性格才学各异，却都深爱着苏轼，与他患难与共、生死相依，是苏轼生命中最坚强的后盾和精神支柱。从苏轼1054年娶妻王弗，到1096年爱妾王朝云离世，在长达40多年的婚姻生活中，三位人生伴侣都无怨无悔地紧紧追随他，直到生命的终结，成就了苏轼丰富的情感世界和浪漫、洒脱的完美人生。苏轼对她们都十分疼爱与敬重，为三位伴侣写下了大量脍炙人口的诗词作品，可谓字字含情，句句入心，或倾诉相思之情，或感叹人生无常，或表达痛悼之意等，深情款款，让人泪目。可以说，苏轼的一生虽屡遭挫折，命途多舛，但在感情上，尤其是在爱情、婚姻方面，他是完满的。

苏轼19岁时，娶了16岁的妻子王弗。王弗知书达礼、贤惠温婉、善良聪慧，是苏轼生活上的伴侣，更是学问上的知音和事业上的贤内助。在多年的生活中，王弗曾经陪伴苏轼熬过了寒窗苦读的寂寞岁月，也曾经历了苏轼金榜题名时的无限风光。对于口不择言、广交朋友、不拘小节的丈夫，她时时提醒，给予指点，让他远离灾祸。他们同甘共苦、相濡以沫，不仅是一对恩爱的少年夫妻，更是一对共同成长的神仙眷侣。可惜天妒红颜，王弗不幸于26岁时病逝。

恩爱夫妻，转眼阴阳两隔，苏轼的悲痛可想而知。他辗转千里，经过迢迢的旱路和水路，将妻子葬在了老家四川眉州的祖茔中，并在山上遍植松树，表达哀思。苏轼对王弗的评价是："敏而静"及"有识"。

苏轼为伴侣所写诗词中，最著名的当数苏轼写给结发妻子王弗的悼亡词《江城子·乙卯正月二十日夜记梦》：

十年生死两茫茫，不思量，自难忘。千里孤坟，无处话凄凉。纵使相逢应不识，尘满面，鬓如霜。

夜来幽梦忽还乡，小轩窗，正梳妆。相顾无言，唯有泪千行。料得年年肠断处，明月夜，短松冈。

这是苏轼最悲情的一首词，可以说字字泣血，声声带泪，读来让人肝肠寸断。此时的苏轼，已届中年，早已历尽了宦海沉浮，看尽了人情冷暖和世态炎凉。妻子王弗曾经对他的提醒在生活中一一应验，让他常起思念之情，十年后竟入梦寐，魂驰千里之外的故乡小松冈。于是他提笔写下了这首千古绝唱的悼亡词。

苏轼的第二任妻子叫王闰之，是王弗的堂妹，比苏轼小11岁，20岁那年嫁给了苏轼。她去世的时候只有46岁。王闰之没有堂姐王弗那么聪敏，但她非常善良，对苏轼温柔体贴，并且十分崇拜。她是苏轼文学生活最活跃时期的伴侣，一度让他快乐相依。据史料记载，王闰之没有什么文化，但贤惠质朴,很会料理家务,尤其会体贴人,对苏轼的生活起居和孩子们都照顾得很好,王闰之伴随苏轼走过了他人生中最重要的25年。苏轼因"乌台诗案"下狱,王闰之因此遭受了抄家之祸;苏轼被贬黄州时,她无怨无悔地跟随,度过了最艰难的岁月,王闰之算得上苏轼的患难之妻。苏轼后来被朝廷重用,官至三品大员时,她也没有忘乎所以、沾沾自喜,而是心态平和,坦然面对一切。世事变幻莫测,在大风大浪和人生起伏中,她的内心始终非常淡定,连苏辙对他这位嫂夫人也钦佩不已。

苏轼与王闰之,是生活中常见的那种平淡夫妻,虽没有琴瑟和鸣的缠绵与热烈,却将日子过得踏实而安然。王闰之去世后,苏轼作《蝶恋花·泛泛东风初破五》悼念,词中"三个明珠,膝上王文度",是赞美她对三个儿子都一视同仁,疼爱有加。苏轼在祭文中写道:"唯有同穴,尚蹈此言。"苏轼仙逝后,苏辙将其与王闰之合葬,实现了兄长生前的愿望。

在苏轼的情感生活里,最重要的人就是比他小25岁的侍妾王朝云,可以说王朝云是苏轼晚年颠沛流离生活中最大的安慰。歌伎出身的王朝云在12岁时被买入苏家,她天资聪颖、才华出众,也最懂"满肚子不合时宜"的苏轼。她陪伴苏轼20多年,与他度过了人生中最为黯淡的两个时期,尤其是苏轼被贬惠州时,王闰之已去世,其他妾室都相继离开了,只有王朝云选择了留下。苏轼为王朝云留下来的文字最多,也最动人。王朝云带给苏轼精神上的抚慰与愉悦，让他的人生充盈而浪漫。王朝云与苏轼相处默契，相知甚深，对他的一举手、一投足都心领神会。两人情投意合，患难中不离不弃、相扶相携，苏轼对她是既爱又敬，是朋友更是知音。

广东惠州在过去是蛮荒之地，苏轼被贬到此地时，已近暮年，日子的凄苦可想而知。在苏轼最潦倒的时候，只有王朝云紧紧跟随，相伴左右。有一天，苏轼与王朝云正在家中小酌，忽见窗外景色凄美，灵感陡生，便即兴写下《蝶恋花·春景》：

花褪残红青杏小。燕子飞时，绿水人家绕。枝上柳绵吹又少，天涯何处无芳草！
墙里秋千墙外道。墙外行人，墙里佳人笑。笑渐不闻声渐悄，多情却被无情恼。

王朝云拿着词稿，抚琴为他演唱，却禁不住泪湿衣襟。这首词传达的"美景难再，人生无常"的意蕴深深触动了王朝云。《东坡乐府笺》有这样一段记载：子瞻诘其故，答曰："奴所不能歌，是'枝上柳绵吹又少，天涯何处无芳草'也。"子瞻幡然大笑曰："是吾正悲秋，而汝又伤春矣。"遂罢。王朝云不久抱疾而亡，子瞻终身不复听此词。

遵照王朝云的遗愿，苏轼将其葬于惠州西湖孤山南麓栖禅寺大圣塔下的松林之中，并在墓边筑六如亭以纪念，撰写的楹联是：" 不合时宜，唯有朝云能识我；独弹古调，每逢暮雨倍思卿。" 王朝云墓如今已成为惠州名胜之地。

苏轼在《悼朝云》一诗中写道：

> 苗而不秀岂其天，不使童乌与我玄。
> 驻景恨无千岁药，赠行唯有小乘禅。
> 伤心一念偿前债，弹指三生断后缘。
> 归卧竹根无远近，夜灯勤礼塔中仙。

苏轼写给王朝云的这篇祭文，不像是写给爱妾，而更像是写给一个志同道合的知音，可见其在苏轼心目中的地位。

王朝云的去世，令苏轼极度悲痛，他写了多首诗词抒发绵绵不绝的哀思，其中最著名的一首是《西江月·梅花》，"玉骨那愁瘴雾？冰肌自有仙风"，盛赞王朝云高洁的品格和不凡的气骨。

王朝云去世以后，苏轼一直鳏居未娶。他用余生守护着这份爱，直到生命的终结。

可以说，苏轼生命中的三位人生伴侣，都善良温婉、勤俭贤惠。她们用各自的方式无怨无悔地爱着苏轼，在生活上给予他无微不至的关心和照顾，在精神上给予他莫大的慰藉，正是她们的爱，才成就了苏轼笔下那一篇篇流淌着至情至性的诗文和他浪漫多彩的一生。

深沉如山父子情

苏轼一生共有四个儿子,与王弗育有一子苏迈,与王闰之育有两子苏迨和苏过。老四苏遁,是苏轼49岁时侍妾王朝云所生,遗憾他不到一岁就夭亡了。苏轼创作的作品中,有不少表达父子深情这一主题的诗作,如《洗儿》《悼儿》《游罗浮山一首示儿子过》《庐山烟雨》等。

老大苏迈、老二苏迨都很纯朴,不是很聪明,但性情温和、为人低调、做事踏实。苏迨后来娶了欧阳修的孙女为妻,两家成为世交。老三苏过性情最像苏轼,外号"小坡",苏轼在海南那几年最艰苦的贬谪生活,他是唯一陪伴在身边的人,所以苏轼对他感情最深,也最喜爱。

苏轼经历过人生的大悲大喜和大风大浪,特别是在中晚年时身陷政治旋涡中,在颠沛流离的生活中,家人都遭受了连累,尤其是三个孩子的成长、教育和事业发展都受到了影响。但苏轼的言传身教,犹如润物细无声的春雨,对他们的人格养成起到了重要作用。苏轼对三个孩子的教育,主要结合自身的教训,他不希望自己的悲剧在孩子们身上重演,希望他们不走自己的弯路,不遭受他这样的厄运和苦难,能够健康平安地度过一生。他教导孩子们注重人格修养、做好学业文章、有办事能力。这三个方面都非常具体而实在,可谓用心良苦。苏轼的教子之方,对今天的家长们依然有借鉴和启发意义。

苏轼的几个孩子都很懂事孝顺，是非分明。在苏轼遭遇"乌台诗案"而含冤入狱的一百多个日日夜夜，"天资朴鲁"的长子苏迈坚持每天给他送饭，并想方设法营救他；苏轼被贬黄州时，是苏迈陪着父亲先到黄州把家安顿好；苏轼被贬惠州时，是苏迈带领家中 20 多口人赶到惠州与他会合。危难时刻，苏迈总是挺身而出，俨然是家中的顶梁柱。父亲的遭遇让苏迈深受触动，他非常纯朴、温和宽厚、行事谨慎。康熙版《德兴县志》载其"文学优赡，政事精敏，鞭朴不得已而加之，民不忍欺，后人仰之"。

老三苏过，是才华最出众的一个，因而最得苏轼的赏识与喜爱。苏轼因"乌台诗案"被捕时，苏过还只是个 7 岁小儿，却深味了亲人分离的痛苦。苏轼被贬谪黄州后，一家人过上了粗茶淡饭、清苦自得的生活。幼时的这段经历，对苏过影响很大，与他后来淡泊名利、安贫乐道的处世态度的养成不无关系。苏轼在人生低谷之时，苏过一直陪伴在他身边，给予宽慰。而长久与苏轼相处，使得他有机会得到父亲更多的指点与熏陶，文学及书画方面都很有造诣，颇有乃父之风。1097 年，苏轼最后一次被贬到远隔重洋的海南儋州，苏过将妻儿托付给兄嫂照顾，独自一人跟随苏轼渡海南下，照顾父亲的生活起居。直到宋徽宗时苏轼获大赦北归，途中于 1101 年 8 月在常州病逝，他都寸步不离，送父亲走完了人生最后的旅程。

孩子们如此孝顺懂事，苏轼也该含笑九泉了。

有风有雨更有情

纵观苏轼的一生，可谓跌宕起伏、曲折坎坷，极富传奇色彩。

但不管命运的小舟驶向何方，他都保持着不变的乐观，也不曾改变自己的初心与坚持，在苦难甚至绝境中，让生命开出了最绚丽的花朵。苏轼虽然政治上不得志，却是生活的大赢家；他不是物质的富有者，却始终是精神的大富翁。他不忧不惧，清风一样走完了人生全程。

在政治上，苏轼虽因坚持己见而三次遭到贬谪，但在他40多年的为官生涯中，他的为民情怀从未改变，那一项项造福百姓的民生工程如治理水患、疏浚西湖、抗击瘟疫、治理蝗虫、救济难民等都有口皆碑；在文学创作上，黄州的流放岁月，成就了苏轼文学创作的高峰，《前赤壁赋》《后赤壁赋》《定风波》等，一篇篇佳作成了世代相传的经典，雄视千年，他被尊推为北宋文坛盟主，无人能敌；而在生活中，他始终被亲情和爱包围着、温暖着：老百姓衷心拥戴他，朋友无比喜爱他，尤其是"苏门四学士"终身追随他，亲人对他始终如一地关爱和支持，给了他战胜一切厄运的信心和勇气，也给了他不竭的创作源泉与动力。从这一层面来说，苏轼是幸运的，也是幸福的，他的人生是完美的。也正因为如此，苏轼笔下描写亲情的诗词作品无不流溢着浓烈而真挚的情感，格外打动人心，也让他的作品有了鲜活的生命力和强烈的艺术感染力。

葆有心灵的喜悦与祥和，是苏轼留给这个世界无价的精神财富。900多年前的苏轼，即使在人生的谷底，也依然保持着乐观向上的昂扬斗志，在坎坷的仕途和艰苦的环境中愈挫愈勇，并最终踏平坎坷成大道，成为传奇般的存在。千百年来，人们之所以如此喜爱、欣赏苏轼，是因为他是一个真正懂得爱并心怀大爱的人。他热爱一切，并温情地注视着一切，热烈地拥抱一切。也正是这份大爱，成就了苏轼诗词的巨大魅力。苏轼在那个无情的世界多情地活着，给后世留下的精神食粮，滋养着一代代国人的心灵。他对人生的坚持和领悟，他活在当下的阳光心态，他不曾失却的爱人之心，恰如一抹暖阳，至今仍温暖着我们的心房，给予我们前行的力量。

林语堂在《苏东坡传》一书结尾中说："苏东坡已死，他的名字只是一个记忆，但是他留给我们的，是他那心灵的喜悦，是他那思想的快乐，这才是万古不朽的。"斯言极是！今天，当我们面对困难、身处逆境时，当我们怀才不遇、抱怨命运不公时，希望能静下心来想一想与我们相隔近千年的苏轼，他经历过年少时金榜题名的春风得意，但也经历了三度痛失爱侣、官场屡遭贬谪、晚年痛失爱子等的沉重打击，他一生经历的苦难，常人难以想象。但即便如此，他依然不改豁达、乐观之天性，坦然面对生活的风雨坎坷。而这，得益于苏轼心中的大爱——爱国爱家爱生活。正如他自己说的"吾上可陪玉皇大帝，下可陪卑田院乞儿。眼前见天下无一不好人"。他用心中的温暖排解着外界带给他的痛苦，在人生低谷中，不断自我调适，积极自我疗愈。

凡打不垮的，必将使其变得更强大。苏轼积极的生活态度和乐观精神，让他不管面对顺境逆境，皆能泰然处之。写于黄州的《定风波》可以说是苏轼最豁达的一首词，那是历经沧桑坎坷后的一份淡然、超脱与达观。"莫听穿林打叶声，何妨吟啸且徐行。竹杖芒鞋轻胜马，谁怕？一蓑烟雨任平生"，这首词千百年来激励着一代代失意之人从困厄中走出，笑傲江湖。"一蓑烟雨任平生"，这是多么豪迈的人生境界！人生的沉浮、情感的忧乐、旷达超脱的胸襟一览无余。这是一种无喜无悲、胜败两忘的禅境，令人动容。愁到尽头，大约就是如此境地了吧！世事随流水，达观的苏轼在坎坷仕途中，胸怀越来越宽广，思想越走越远。

不朽的约定

我是在情绪十分低落的状态下,在喜马拉雅听完的《相约星期二》这本书。没想到我一下子被深深吸引,竟然在一周内连续收听了三遍,朗读者慕容女士那略带沧桑却饱含深情的声音,瞬间把人带入空灵之境,如一位历经世事的长者,缓缓向我们讲述着关于生命、关于爱、关于婚姻、关于忠诚、关于死亡等故事。收听期间,我的郁闷也逐渐烟消云散……

《相约星期二》是美国作家米奇·阿尔博姆创作的自传体长篇纪实小说,真实讲述了作者的恩师莫里·施瓦茨教授在辞世前的 14 个星期的每个星期二给米奇所讲授的最后一门人生哲理课。这位年过古稀的社会心理学教授在 1994 年罹患肌萎缩性侧索硬化(ALS)绝症,已时日无多。作为莫里教授早年的得意门生,米奇每周二都搭乘航班飞行 700 英里上门与他相伴,聆听老人最后的智慧和教诲,并在他死后将这些故事结集出版,命名《相约星期二》。死亡是该作品的主题,又是贯穿小说始终的红线,传递了作者对于人生深入而透彻的思考,散发着浓郁的哲学意蕴。

  老教授异常清醒地感受着自己的生命一点点走向衰竭：从不能走路到不能写字和吃饭，从最初要人搀扶到最后完全不能自理。他从开始的不适到放下所谓的尊严，从抛开羞怯与隐私到欣然接受别人的照顾，这时的无助无奈也是每一个走向生命终点的人可能会面对的局面。病榻上的他如春蚕吐丝般认真回顾盘点自己的一生，总结个人的喜怒哀乐和成败得失，谈自己深切的人生感悟，也谈他对当下的疾病、疼痛、衰老及死亡的真实感受。其实细想一下，其中哪一样不是我们或早或晚都将面临的问题呢？莫里教授选择了向世人再现与诉说，坦然面对生命走向消亡，这需要多么大的能量与勇气！

  莫里教授的无私、勇敢和大爱击中了大众感情中脆弱的琴弦，面对现实不缴械投降，而是直面所有的不幸与灾难。身患绝症，已知自己生命大限的他，选择了将死亡作为他生命中的最后一堂课，于是才有了他与学生的这场最后约定，这对师生同心携手完成了这项非同寻常的重大课题。

  他们讨论死亡，讨论爱，探索生命的真谛。莫里教授允许电视台记者以纪录片形式直播自己的死亡过程，他甚至还在病房里举行葬礼，这看似不同寻常的行为，是为了告诉世人：不必惧怕死亡，而要勇敢相迎。教授将自己的一生毫无保留地展示给了社会大众，向世界交上了一份完美的答卷。

  书中除了记录死亡全过程，还记下了一位濒死的老者和一位年轻人的灵魂对话，每一句都直击人心人性——

接受你所能接受的和你所不能接受的现实。

承认过去，不要否认它或抛弃它。

学会原谅自己和原谅别人。

生活中永远别说太迟了。

人生最重要的是学会如何施爱于人，并去接受爱。

死亡是一种自然，人平常总觉得自己高于自然，其实只是自然的一部分罢了。那么，就在自然的怀抱里讲和吧。

我们都有同样的开始——诞生，我们也有同样的结局——死亡，死亡终结了生命，但没有终结感情的联系。

爱会赢。爱永远是胜者。

爱是永存的感情，即使你离开了人世，你也活在人们的心里。

如果你想对社会的上层炫耀自己，那就打消这个念头，他们照样看不起你。如果你想对社会底层炫耀自己，也请打消这个念头，他们只会忌妒你。身份和地位往往使你无所适从，唯有一颗坦诚的心方能使你悠悠然地面对整个社会。

一旦你学会了怎样去死，你也就学会了怎样去活。

…………

可以说，句句是哲理真言，字字都是一个将逝者对世人的忠告。也只有悟透生死的人，才会有如此真切的感受。

恋情、友情、婚姻、家庭、背叛、名誉、地位、权力、生存乃至死亡等，老教授一生的经历，或多或少映射出了每一个不凡之人或平凡之人的共同经历与感受。尤其是死亡，这是任何人都无法回避的沉重话题，这应该也是该书之所以引起广大读者强烈共鸣的重要原因。

死亡能带走一切有形的东西，却带不走人们对亲爱的人的思念，还有逝者留给世间宝贵的精神财富。正如莫里教授，他虽然去世了，但他的故事至今仍在流传，人们仍在深情缅怀他。

14堂人生课，每一课都让人感同身受。感恩莫里教授用尽生命与他的爱徒共同完成的这个永恒的生命课题！莫里先生因此获得了"永生"与人们的普遍尊重，而他的学生也因为这十四堂人生课程的书《相约星期二》一举成名，化茧成蝶，这是多么美好的彼此成全！

在生命的最后时刻，仍在燃烧自己，照亮学生，这不正是"春蚕到死丝方尽，蜡炬成灰泪始干"的为师者风范吗？这位莫里教授真正燃烧了自己一生，成为烛照世人的导师，他才是真正的人类灵魂工程师！

也是这本书，让我忧伤的情绪得以迅速平复，同时让我对生命及死亡本身有了更深切的感悟与认识，"生如夏花之绚烂，死如秋叶之静美"，走过活过，不留太多遗憾，便是人生好境界。

爱、生存与死亡，这是人类不朽的话题，如果我们看懂了《相约星期二》，我们就能更真诚而热烈地拥抱这美好的世界……

身在俗世不染尘

也许是出生于农村的缘故,一直以来,我总是不由自主地把眼光投向劳动人民,认真洞察他们的喜怒哀乐,喜欢倾听他们的家长里短,看到他们最真实的生存状态。虽然我到城里工作、生活已30多年,却依然对他们情有独钟,只是我的视线不再局限于农民,而是扩展到了城市"马路天使",园林工人,工地上挥汗如雨的建筑工人,街头奔忙如风的快递小哥,在写字楼、小区里和雇主家中埋头苦干的保洁员和家政人员,以及许许多多为了生计在城市辛勤打拼的劳动者,在他们身上,我看到了为理想生活不惧风雨、无畏前行的最美姿态。他们勤劳善良、本分隐忍,如终年在花丛飞舞、酿造甜蜜生活的小蜜蜂,为城市的快速发展和社会的和谐文明默默挥洒着汗水和热血。他们常在他乡思故乡,又把他乡作故乡。他们乐观向上的生活态度和坚韧不屈的品格,常常无声地感染着我,似点点星光,照亮人心房,给予我前行的勇气和力量。

从文工团主演到小区保安

小区最近新来了一位保安，我在大门口等候朋友时，他热情地为我递上一个小凳，示意我坐下休息一会儿，他的细心让人感动。

攀谈中我得知他姓于，出生于 20 世纪 70 年代初，有将近 20 年时间他在湖南老家那边的铁路文工团工作，后来因为改制，文工团解散了，人到中年的他不幸成了下岗人员。屋漏偏逢连阴雨，一直与他感情平淡但生性要强的妻子坚决跟他离了婚，女儿和房产都给了前妻，他选择净身出户，只身南下闯荡。无奈自己年龄偏大，又没有像样的文凭，除了文艺表演，他没有其他谋生技能，在求职屡屡碰壁后，他无奈选择了入职门槛较低、工资待遇也一般的保安工作。

我问他之前在文工团具体做什么。他说自己曾经是团里的台柱子，擅长器乐表演，二胡、笛子、巴乌、洞箫、葫芦丝独奏等都是他的拿手好戏，他还在各级各类器乐表演大赛中斩获大奖无数。他的独门绝技是用鼻子吹笛子，他拿出手机向我展示了好几个表演视频，的确非常精彩，让我大开眼界。他的演技、台风都堪称一流，我不禁对这个术业有专攻的艺术人才刮目相看。生活对他来说充满了坎坷与艰辛，但在他的脸上和言语中却没有流露半点不满，也没见他抱怨过命运的不公。他阳光开朗，热情洋溢，他说自己业余时间还免费教人唱歌、弹奏乐器，目前已收了多名弟子，见他们每日有进步，他很有成就感。物质虽然清贫，他却活得快乐自在。

像他这么高素质的专业人才却做了保安，我觉得还是挺遗憾的，有点大材小用。他说是吃了自己个性要强且太耿直的亏，否则就不会落得今天妻离子散、背井离乡的下场。他说在职场混就像吃烤红薯，要会拍会吹会捧，但他一样也不会，只懂得本本分分做人，踏踏实实做事，一直沉浸在自己喜欢的音乐世界，没有刻意去经营人际关系，也忽略了对家人的关心与照顾，才使自己陷入一无所有的窘境。如今人到中年，经历了下岗和离婚，他说早已把一切看淡并放下了，现在的他只想做一个平凡但不平庸的人。他的话有点偏激，但细想也有些道理，小人得志终究不能长久，有真才实学的人才会笑到最后。学会经营自己是一种能力，有一技傍身就不会有本领恐慌，敢于孤身走天涯者皆非等闲之辈。

我跟他开玩笑说："小区有了你这样的保安，也会变得文艺、文明起来哟！"他一听乐了，说道："保护居民安全才是我们保安的神圣职责。前不久小区一户洋房着了火。那户人家正搞装修，有个工人把烟头随手一丢便离开了，没想到引起了一场火灾。当天我正值班，我是第一个发现并报警处理的，由于到场迅速，处理得当，将损失降到了最低。管理处为此还给我发了奖金，但我转手全部捐给了中山市红十字会。"我问他为什么这么做。他说："这是保安的本分和职责所在，如果将奖金装进个人口袋，我会心有不安，甚至觉得是对自己的侮辱。君子爱财，取之有道。相比金钱，我们当保安的，更希望得到单位和业主的肯定与尊重，而不是把我们视为看门的，无缘无故呼来唤去的，或把我们当作出气筒随意指责谩骂。"他说出这一群体的心声。他说自己曾参加过为期两年的专业消防培训和演练，持有消防证，懂得应急处理，而且在培训班上发过誓：当火灾发生时，要第一时间冲上去，确保人民的生命财产安全不遭受损失。火灾救援时坚持生命至上原则，为了百姓安危即使牺牲个人性命也在所不惜。没想到眼前的他有如此大爱，而且有如此高的精神境界，我不禁对他肃然起敬。

位卑未敢忘忧国。我们的社会，需要的不正是这类虽平凡但在关键时刻却能挺身而出甘愿奉献一切的人吗?!

从革命老区走出的家政人员

小花只身从广西百色的农村到城里做家政已经快10年了，她同时为四个家庭服务，都是钟点工那类的，其中在三家是干保洁工作，在我家是帮忙买菜做晚饭。

小花是20世纪60年代末生人，比我小半岁，她皮肤黝黑，身形娇小，一双因常年劳作而粗糙的手格外引人注目。她衣着简朴，平时话不多，但走起路来脚下生风，干起活来干净利落，做出的饭菜十分可口，我们全家人都对她很满意。这也是小花从来不为工作发愁的原因，她总是这家服务到期了，雇主又给她推荐了新的人家。靠口碑和实力最有说服力，她在这一行干得如鱼得水。

有一次我主动找小花聊天，问她整天这样像上紧了发条的闹钟般一刻也不停歇地奔忙着，会不会很辛苦。她笑一笑说："这比在老家种地轻松多了，而且收入有保障。不像在乡下，一年忙到头，遇上灾年甚至会颗粒无收，全家吃了上顿愁下顿，日子没有盼头。"小花说正因为这样，她在城里站稳脚跟后把丈夫和同村的几个姐妹也带进了城里，他们有的像她一样从事家政，有的则进了工厂成了流水线上的一员，她的丈夫则在为人清洗抽油烟机、空调等，生意也不错。"我和老公的月收入加起来一万多元，除了供孩子上学和赡养老人，每月还能存些钱。我们打算过几年回乡重新在老宅上建一座小洋楼。"小花的眼中满是对未来美好生活的憧憬，"我们现在干的都是力气活，等过些年干不动了就回老家继续种地、养鱼，日子应该不会太差。"

"干家政这么多年，你体会最深的是什么？"我问她。小花略略沉思了一下回答说："干家政辛苦我一点也不怕，咱们农村人最不缺的就是力气。我最怕的是雇主家丢了东西后总是第一时间怀疑到自己头上。我们这些人是凭力气赚干净钱，不义之财绝不会起贪念。但是遇到不讲理的势利雇主，他们总是对家政人员有偏见，这是对我们人格的最大侮辱，也是我最不能忍受的。"

小花在我家服务了三年，后来我的孩子上了大学，我就没再请她了，我把她推荐给了一位在高校任教的好友，她很是感激。临走时我送了一些衣物给她,她千恩万谢,泪湿眼眶。我想这不是因为东西贵重,而是因为得到了尊重。不管高低贵贱,大家在人格上都是平等的。到了年底,我突然收到一个沉甸甸的包裹,打开一看,原来是小花托亲人给我寄来了两壶山茶油,说是家乡特产,让我品尝。滴水之恩,却涌泉相报,我的内心被深深触动。

2020年小花和她老公双双返回了广西农村,她说老家那边在搞新农村建设,也鼓励村民回乡创业,他们打算承包果园和鱼塘,准备大干一场。天道酬勤,人道酬善。对于这样一对吃苦耐劳、踏实肯干、懂得感恩惜福的夫妻,他们未来的日子一定会如芝麻开花——节节高。

这世上,有许许多多如小花一样的追梦人,他们怀揣发家致富的朴素愿望,在城市辛苦打拼,希望用自己的双手改变家人的命运,他们小如苔花,却渴望似牡丹一样绽放,在不被人注意的角落,悄悄吐露芬芳……

从海南渔民到特区保健师

我与小韦认识已有18年之久,她一直在我家附近的健康中心工作,推拿按摩是她的强项。从她第一次为我服务起,我就喜欢上了这位80后姑娘,她专业的手法和耐心细致的服务态度给我留下了深刻的印象。从此,我每次去做保健便只点她的钟。没想到一晃竟是这么长时间。

小韦生就一张娃娃脸，却有着超出同龄人的成熟与干练。也许是在海边长大的缘故，她皮肤黑红，身形健壮，说话嗓门较大，笑起来十分爽朗，渔家姑娘的憨厚朴实一览无遗。对这种大大咧咧、没有什么心计的人，我天然有一种亲切感，对她的信任感一下子便建立起来了。

一来二去我们便熟悉了起来，她与我渐渐无话不谈。她老公在珠海一家物流公司上班，收入一般。三个小孩都在珠海念书，一个在高中，一个在初中，还有一个在小学，正是让人操心的时候。由于家庭负担太重，他们租住在价格相对便宜的城中村。保健中心上午十点才上班，她早上可以把孩子们安顿好，但晚上接孩子她就没办法兼顾了，对于她这一行来说，在凌晨才下班是常有的事。我问她孩子怎么办。她说老公不忙时可以去接他们，忙的时候孩子们互相照应，所以说"穷人的孩子早当家"呀！

由于技术过硬，人品也好，顾客对她的评价都很高，小韦从最初的普通技师逐渐成长为专家型技师，她的固定客户便越来越多，个人收入也从最初的几千元到月入过万。她伸出双手让我细瞧，只见她的手肘关节已严重变形，十个指腹都有厚厚的老茧。"我们是在拿自己的健康换来别人的健康。"她有几分无奈地说，"但为了生存，也只能忍受。我后悔自己当年没念好书，如今只得干苦力。"

"在这种地方工作，亲朋会不会不理解？"我问她。

"最初会有，以为是不正当职业，但老公过来考察后就放心了，家人也很支持。我们这里很正规，顾客的素质也很高，多是办公室低头族，肩颈腰等部位劳损厉害，一次推拿按摩就是很好的舒缓，有些人还得到了治愈，这里相当于大家的健康加油站。"说到这里，她面露笑意，颇有成就感。

"你在这一行业干了这么多年，有没有碰到过难缠的客人？"我问她。

"到我们中心的客人绝大多数都很好，没有刻意刁难的。只有一次，一个客人点了我的钟，说是要全身推油，等我进到房间，他嫌我太胖了，估计是看我长相也一般，就立马将我换掉了。我当时是既难堪又难过，心里很不是滋味。不过后来我很快便想通了，客人有权利选择技师，享受所需的服务。"她说得云淡风轻，但心中多多少少还是有些不快。

2021年，受疫情的影响，小韦所在的保健中心受到了很大的冲击，老板无力支付高昂的房屋租金，将营业场地面积进行了大幅度缩减，对人员也进行了裁减，只有小韦和另外九名技师留了下来，生意之惨淡可想而知。我问小韦："现在月收入有多少？"她苦笑了一下说："是疫情之前的一半多一点，拿到手只有六千多元。"我鼓励她说："还算不错哟！要坚持下去。"她说会的，为了孩子她也要在这座城市顽强地坚守。她感慨没有文化在世上揾食太难，发誓再苦再难也要把孩子们一个个供到大学毕业，让他们成为社会的有用之人。

我很欣赏小韦的达观和智慧。她在躬身服务他人时，从未忘记自己作为社会公民和一个母亲的神圣职责。

我突然想起 2022 年特别火的一段小视频《回村三天，二舅治好了我的精神内耗》，我猜想应该是主人公身处绝境却依然对生活葆有的乐观心态打动了亿万观众，也让无数人从此开启了不抱怨的大门。

在城市里，有无数个像小于、小花、小韦这样的人，他们虽然收入不多、工作辛苦，却活得不卑不亢，热气腾腾，对生活充满了热爱与向往。虽然知道内卷严重，却没有精神内耗，更没有躺平的想法，而是坚强地与现实抗争，活出了属于自己的价值和尊严。尽管他们普通如小草，却顽强地生长，给大地带去了片片新绿与暖意……

低到尘埃里，也要开出花来

　　《入殓师》这部电影我先后看了几遍，每看一次内心都深受震撼，引发我关于生活、生命与爱深层次的思考。这部影片拍得极为克制、内敛，从头到尾贯穿着哀伤、沉郁的基调，主人公小林大悟的命运与那一个个被他亲手化了生命中最后一次妆容甚至是唯一一次妆容的逝者的命运无声交集，令观者动容。

　　年轻的大提琴手小林六岁那年父母离异，两年前母亲去世，父亲多年杳无音信，他自小敏感脆弱、郁郁寡欢，对父亲的不解与埋怨深入骨髓。幸运的是他遇到了一位温柔善良又贤惠体贴的好妻子，让他窘迫的灰暗生活有了一丝暖意。舞台上的小林自信而充满激情，但乐队的解散却让他不得不面对失业的残酷现实，命运将无助的他一下子推入了人生的谷底，他不禁对自己的能力和人生都产生了怀疑。

　　迫于生计，他卖掉了自己偷偷贷巨款买来的心爱的大提琴，携妻子回到了故乡的老宅。可是小地方工作难找，他屡屡碰壁。后来报纸上刊登的一则协助旅行的招聘广告，让小林误打误撞，从此成为一名入殓师，干起了纳棺的活计。面试时得知真相后的他曾有过强烈的抗拒，甚至有一种羞耻感，但面对高薪诱惑，他妥协了。这对于一个从没有见过尸体的人，面临的巨大心理压力可想而知。

但这份不被许多人待见的工作，让他无法开口告诉自己的爱妻和身边的熟人，怕他们接受不了，认为自己晦气、不务正业。所有的一切，他只能自己默默承担。绝望无助中，是老宅中的那把大提琴给他带来了丝丝欢愉，曾经的理想现在成了他排解痛苦的精神慰藉。

让逝者体面而有尊严地告别人世，是入殓师的心愿，也是所有逝者生前的愿望。小林和社长一次次走进往生者家中，十分平静而认真地投入一场场严肃而悲痛的入殓仪式中，用魔术般的双手让逝者重现最美的一面，带给生者惊喜与安慰，一种隐隐的感动在画面中缓缓流淌。

烧炭自杀的妙龄女孩却是男儿身，但小林在征得家属同意后，最终为他化了女儿妆，也算是成全了他生前的愿望；因为走不出感情的煎熬，为爱选择自我了断的年轻女孩，带着天使般的面孔走进了天国，希望她在那里找到属于自己的幸福；经过入殓师的精心化妆，逝去的妻子安详宁静、温婉动人，得到了丈夫最深情的注视；在亲人的欢喜与祝福声中送走高寿的长者；在教堂牧师的祈祷声中送走夭折的孩子……社长和小林的工作，得到了不少逝者家属由衷的感激。人生的最后，一切都是撕开了的，全方位裸露，是非功过任人评说。

生命中有疼痛，生活里有遗憾。逝者生前有多少未了的心愿，亲人心中便有多少不舍。小林在一场场送别中真切地触摸到生命的隐痛，脆弱与无助感曾一次次袭上心头。他强压住内心的悲伤，以虔敬之心认真履行每一次神圣的纳棺仪式，轻轻地为逝者擦洗身子、更换寿衣、精心扑粉画眉……每一道工序他都一丝不苟地完成，让他们宛如新生，这是对逝者最大的告慰。

小林得到了越来越多逝者家属的尊重。渐渐地，他开始喜欢上了这份工作。

目睹一场场送别，对小林来说是成长更是救赎，他的内心逐渐变得强大，无人关心和理解，就自己为自己取暖，自己为自己喝彩。"靠死人吃饭"，是外界对这一行业的嘲讽。外人的鄙夷，多是因为职业的特殊性。生活是灰暗的，但必须继续。即使低到尘埃里，也要开出花来。

本以为可以一直隐瞒下去，生活就这样波澜不惊，没想到小林协助拍摄的宣传片后来在电视上播出，一下子掀起了轩然大波。身边的熟人都很诧异，对他指指点点，或劝他改行干点"正经活"，连一向温柔贤惠的妻子也极力反对，甚至赌气回了娘家。面对嘲讽和不解，小林极度痛苦，他无法解释，也不想去辩解。他濒临崩溃，却没有妥协。直到他在一次纳棺仪式现场被人公开羞辱，极度矛盾与痛苦的他第一次提出了辞职。但社长一番语重心长的交谈，又让他感到了这份工作的神圣：社长第一个送走的是他的妻子，从此他便踏上这条少有人走的路。送别，自有人生的真意。从此，小林更加专注地投入，妻子的眼泪也未曾动摇他的信念。闲暇，办公室会回荡着他悠扬的琴声和短暂的欢笑声。影片中呈现的"珍惜当下、拥抱生活"的乐观态度，深深打动了每一位观众的心，让人泪中带笑，笑中有泪，情不能抑——这就是生活。

直到妻子和邻居见证了小林为管汤池的婆婆纳棺的过程，看到逝者经他的打理完美地与亲朋告别，他们才真正理解了他工作的意义与价值。执着地坚守，终于拨开云雾见天日，这一刻，他终于释怀。

接到三十年未见面的父亲去世的消息，小林在痛苦纠结中最终放下了成见，亲自为父亲纳棺。父亲是别人眼中的好人，一生却穷困潦倒，居无定所，孤苦无依。他去世后只留下了一箱杂物，还有手中紧攥着的一块石头——那是父亲生前对儿子最后的思念与祝福，几十年的隔阂瞬间化解。石头于无声中传递的浓浓父子情，直到多年后小林快做父亲时才真正读懂，只是父亲再也听不见他说的"我爱你"。跪在父亲的遗体旁，他难过又痛悔，唯一能做的是让父亲体面地离开。他一边仔细地为父亲擦洗身子，一边涕泪横流。看到此处，所有观众都不禁泪目。

主人公小林在一次次送别中，最终读懂了父亲，读懂了爱。而小林的生活，早已是云淡风轻，花香满径……

与亲人告别，与爱人或友人告别，生的意义死的价值值得每一个人深思。"后会有期"，或迟或早，我们都将轻叩死亡之门，终有一场最后的告别，这是谁也躲不掉的宿命。我们能做的，就是好好地活，好好地爱。

女人如花花似梦

我不爱追星,也不是同时代人梅艳芳生前的铁杆粉丝,但看完传记电影《梅艳芳》之后,便深深爱上了这个出身于普通家庭、靠自己的坚持与执着成为舞台上最闪耀明星的百变佳人。

有句话说得很好:所谓的天才,是无止境的吃苦耐劳,而支撑他们的信念是爱。梅艳芳就是那个天赋异禀又不惜拼命的人,根源在于她对歌唱及演艺事业的极度热爱,爱到她不惧病痛与死亡,在舞台上燃尽最后的芳华。《女人花》这首歌仿佛就是她的真实写照,摇曳多姿、芬芳美丽却又容易遭受风雨的摧折,个人感情经历也是"像春风来又走",最后一切皆成空。

不少人感慨她"红颜薄命",为她的英年早逝扼腕叹息;也有人说她是唯美主义者,在四十芳华离开人世,也许是上苍对她的眷顾与成全;更多人盛赞她"活出了别人几辈子也达不到的境界"。"生如夏花之绚烂,死如秋叶之静美"。生命的意义，不在于长短，而在于其高度与厚度。就像梅艳芳，斯人虽逝，但她却一直活在人们的心中，从未走远。

循着梅艳芳的人生轨迹，我们会找到最终的答案。

"穷人的孩子早当家"。因为自幼家境窘困，梅艳芳没念过什么书，为了自己的兴趣、梦想还有家人，她四岁半就随姐姐梅爱芳一同在香港游乐场登台表演，从此与舞台结下不解之缘。小小年纪却做了歌女，在普通人看来这是不正经的工作，她为此没少遭受周围人的白眼与歧视。但她的想法很简单：强项是什么就做什么。做人，要有头有尾有交代，既然上天选择了自己唱歌，她就会唱到底。

追求梦想永不止步，梦想终会开花结果。1982年，18岁的梅艳芳参加香港"第一届新秀歌唱大赛"，她从众多参赛选手中脱颖而出，一举夺冠，全港轰动。香港华星看出了她的潜力，向她抛来橄榄枝，从此她的命运发生了逆转，从默默无闻到大红大紫。她从游乐场唱到红馆，乃至世界各地，这是擅长、热爱与坚持产生的奇迹。她独特的中低音，唱出了沧桑悲凉与空虚寂寞，也唱尽了世态炎凉和人情冷暖。尽管星途充满了坎坷，但梅艳芳没有怨天尤人，她觉得上天给了自己这么多，感到很满足。在梅艳芳的演艺人生中，她先后推出了30多张唱片，全球销量过千万张；先后接拍了约40部电影，获奖无数，香港人亲切地称她为"梅姐"。她的百变舞台形象，已成为永恒的经典和时代记忆。执着的坚守，让她最终成为红遍香港的巨星。

影片最让人感动的一个片段就是非典横行的2003年，梅艳芳被确诊为宫颈癌后表现出的冷静与淡定，她没有恐惧与失落，没有悲伤与绝望，她只是感到自己的时日恐怕已不多，却觉得还有很多事未做，她决意把有限的生命献给有意义的事。非典肆虐，看到一个个鲜活生命的逝去，她深感痛心。香港上空被愁云惨雾笼罩着，人们情绪十分低落。她觉得自己应该做点什么，为香港打气，为医护人员打气，为非典患者及其家属送去温暖和关爱。为此，她力排众议，拖着病体，号召香港演艺圈人士一起为抗击非典专门策划了"1:99"音乐会，演唱会共为"茁壮行动"筹集善款两千多万港元。她的行动，点燃了无数人心中的爱火，也让沉寂的香港一下子充满了力量与暖意。她坦言此次行动的初衷："香港是我家，只要有人需要帮忙，我一定会站出来。"话语虽朴实却铿锵有力，让人动容。

其实早在1993年，梅艳芳已正式成立自己的"四海一心慈善基金会"，发起过十余次大型慈善活动，善款主要用于支教、助学、助医、救困等，为世界各地华人带去支持和鼓舞。

在生命的最后，梅艳芳更是选择为慈善而歌。2003年10月，在身体每况愈下的生命最后关头，她以惊人的毅力举办了八场"金曲演唱会"回报歌迷。"左手接完，右手应回馈一些出去"。一场场慈善演出，一次次为身处困境中的人们送去关爱，她用自己的无私大爱温暖了无数人的心。在大众质疑梅艳芳公益作秀时，她异常镇定地说："我梅艳芳做善事对得起天地良心。"说完,便再不做任何辩解。仁者无敌,这是何等的无畏而坦荡!

  2003年11月,梅艳芳的病情急剧恶化,她勇敢地做出了一生中最重要的决定:在离开人世前向舞台和歌迷告别,而且要在舞台上实现自己最大的梦想——"嫁人"。影片最感人的一幕是梅艳芳让Eddie为自己设计一套婚纱,Eddie问她要嫁给谁,梅艳芳回答说"舞台"。这是她"爱的宣言"。这是离去世只有45天的梅艳芳最后一次开演唱会,台上看似风情万种的她忍着剧痛为大家表演,令无数观众泪洒红馆。对梅艳芳来说,舞台是她的战场,穿上了战衣,她就是披坚执锐的战士,勇往直前,义无反顾。这是对舞台何等的痴恋与热爱!难怪无数歌迷为卿痴狂。

放手，才是归途

提起著名的雕塑艺术大师罗丹，几乎无人不知，无人不晓。他的很多雕塑作品如《思想者》《青铜时代》《沉思》《地狱之门》《加莱义民》《巴尔扎克》《吻》等享誉全球，影响极为深远，他更是西方艺术界公认的19世纪和20世纪初最伟大的现实主义雕塑家。

但鲜为人知的是，在19世纪末，法兰西还有一位天才的女雕塑家卡米耶·克洛岱尔，她和罗丹一样有着非常出色的艺术天赋和远大志向，而且光彩照人、锋芒毕露，她的不少作品也曾轰动一时，其中最让人难忘的是倾注了她全部智慧和心血的史诗般雕塑群像：《华尔兹》《成熟时代》《命运女神》《罗丹的胸像》《孩子的头像》等。她不仅是罗丹的学生，更是他的知己和恋人。19岁那年，她疯狂地爱上了43岁的罗丹，恋情持续了十多年，没想到罗丹只是将她当作启迪灵感的情人，于是卡米耶选择决绝转身。爱情、事业双双受挫，让正值创作黄金期的卡米耶精神失常，贫病交加的她被送进了当地条件十分恶劣的蒙特维尔格疯人院，直到生命终结。

1989年的夏天，我曾反复捧读安娜·德尔贝著的《一个女人》一书，一次次被女主人公卡米耶的旷世才情、狂热但无望的恋情和她悲剧的一生击中感情中脆弱的琴弦，并含泪写下《挽歌》一文，一抒胸臆。最近看了电影《罗丹的情人》，我再次被卡米耶的悲惨命运深深触动。如今人到中年的我，再来回望卡米耶的一生，别有一番感慨在心头。卡米耶本可以靠自己的才能实现理想，过上体面的生活，但她却一生为情所困，为情所伤，直到被奔涌的情感将自己彻底淹没。实在是可悲可叹！

卡米耶·克洛岱尔出生于法兰西一个富有的中产家庭，生活衣食无忧，从小就接受良好的教育。她自幼酷爱雕塑艺术，给点黏土她就能随手捏出一个个神情毕肖的小动物或人物形象来。幸运的是，她得到了父亲的大力支持，还专门为她请来了著名雕塑家阿尔佛雷德·布歇做她的指导老师，卡米耶很快就开始崭露头角，成了一位小有名气的少女雕塑家。

1881年，年仅17岁的卡米耶进入法国著名的克罗拉希美术学院学习雕塑。19岁那年，她的老师离开法国去了意大利，临行时他将卡米耶介绍给了自己的好友罗丹，请罗丹接替指导自己的学生。没想到卡米耶一生的悲剧就从此开始了。

两个天赋异禀和灵魂相似的人就这样相遇了，此时的卡米耶风华绝代、美艳惊人，桀骜不驯和自信满满写在她微微上翘的嘴角上，而正值中年的雕塑艺术大师罗丹早已声名远播，仰慕者不计其数。他们互相欣赏互相爱慕，为彼此的才情所折服和吸引。两个艺术天才一起工作时，常常能思想激荡、灵感勃发、佳作迭出，创作力十分惊人，他们共同完成了《地狱之门》《加莱义民》等工程浩大的大型雕塑。

作为罗丹的工作助手，卡米耶没能忍住对老师的痴恋，尽管知道他是有妇之夫，尽管知道他善于逢场作戏，到处拈花惹草，她还是不可救药地爱上了他，如飞蛾扑火一般，即使粉身碎骨，也在所不惜。他们不知疲倦地进行艺术创作，同时也不分昼夜地疯狂缠绵。

然而，卡米耶与老师持续多年的恋情遭到了母亲和罗丹妻子的全力阻拦，母亲扬言如果女儿不离开罗丹就将她逐出家门，罗丹的妻子寻到工作室，对卡米耶大打出手。面对被伤害陷于无助境地的卡米耶，罗丹却极力维护着妻子，这让卡米耶伤心欲绝，也彻底看清了所爱之人的真实面目。卡米耶不惜为罗丹堕胎、与家庭决裂，只是想要一份纯粹但完整的爱，并将一切都献给了他，没想到罗丹却只将她当作了众多情人中的一个，从没在乎过她的真实感受。在这场无望恋情中，卡米耶众叛亲离，尊严扫地，身心俱疲。她最终还是无奈地选择了退出。

尽管罗丹带给了她无尽伤害，尽管她已经离开了罗丹，但她却再也走不出这个男人的阴影。

放眼当时的法兰西，整个社会普遍排斥女人从事雕塑艺术，更别说是人体雕塑艺术了，他们认为这是大逆不道、伤风败俗的事。而卡米耶却打算以一己之力与世俗对抗，与陈腐的观念和社会偏见对抗，她带着自己的作品去参加当时的世界博览会和各种艺术沙龙展，她希望得到世人的认可。然而，尽管她的作品非常出色，却毁誉参半，更有人无端污蔑，说卡米耶抄袭了自己老师罗丹的作品，连罗丹本人也公开站出来证实。这纯属无稽之谈！昔日的恩师、知己、恋人，如今却视她为艺术上的竞争对手，并不惜对她进行打压和中伤，以维护自己的体面和声誉。这令卡米耶异常震惊且难过，她完全无法接受这样的事实。她在这种打击下屈服，她越过了汪洋大海却淹死在众人的唾沫里。遭到诋毁后，她很快就接不到任何订单，生活愈加窘迫，精神状态也越来越差。

敏感而孤独的卡米耶开始离群索居，形单影只地出现在她的时代里。1913 年 3 月，最疼爱她的父亲刚刚病逝没几天，长期饱受压抑的卡米耶就因为患上了严重的精神分裂症被送进了蒙特维尔格疯人院。1943 年 10 月，79 岁的卡米耶在疯人院去世，去世时她孑然一身、孤苦伶仃，她的许多作品也散落在了不为人知的地方。曾经的天才女雕塑家就这样悄悄陨落。

直到 20 世纪 80 年代，卡米耶和罗丹的故事才为世人所了解，她在西方雕塑史上的地位才真正被承认。后来，她和罗丹的故事被搬上了银幕，越来越多的人才知道，原来世界上还有这样一位出色的天才女雕塑家，原来她和罗丹之间还曾经有过这样一段不堪的过往。

卡米耶用情太深太真，以至于被伤得体无完肤，提前终结了自己的艺术生命。自始至终，卡米耶都没有放下过对罗丹的爱，并最终在爱火中迷失了自己，焚烧了自己，让人扼腕叹息！一个才华横溢的雕塑家最后竟然在疯人院挨过了漫长的30年余生，想一想就令人不寒而栗！

世俗的偏见、权势的打压、人性的泯灭、大师的用情不专和无情伤害，活生生将这位天才女雕塑家彻底摧毁。好在历史是公正的，尽管时间过去了近百年，人们还是从她散落在各处的作品中发现了她的价值，而她的遭遇，也引起了人们的广泛同情和沉痛思考。

过于执着易被摧折，学会转弯才会自我保全。卡米耶的错，在于不懂得放手，她对待感情和事业皆如此。但也正是她的这种"不撞南墙不回头"的执着，才成就了她艺术上的不朽。

爱他却被他毁灭，真是何其讽刺！"问世间情为何物，直教人生死相许"。但如果是一方无望的爱，这种坚守便失去了意义。得不到的，即使再难舍，也要忍痛割爱，学会放手；失去了的，不必纠结失落，缘分天注定，且随它去吧！只有好好爱自己，才会让生命重放光彩。

我想起一位特别让人敬重的女性——张幼仪。她出身殷实之家，在遭遇情变后，却以智慧活出了别样的人生。

民国大才子徐志摩的结发妻子张幼仪，身为大家闺秀的她尽管在丈夫面前低眉顺眼、一再忍让，最终还是没有躲过被抛弃的命运。虽然是被动选择了退出婚姻，但这个痛苦的决定却让她的生命犹如凤凰涅槃，浴火重生。通过刻苦学习，她最终在职场上找回了自信与自我，在人生舞台上大显身手，名动一时。她到大学执教，出任银行高管，担任上海云裳服装公司总经理，她干一行成一行，人生如开了挂一般，一路低开高走，并最终找到了真爱。而这些，是在她失去婚姻后的蝶变，是她对自我的不断超越。不依赖别人，不纠结于前情过往，张幼仪活出了属于自己的无限精彩。

由此我想，如果才情横溢的雕塑家卡米耶不在情感世界里沦陷，如果她不是过于执着于得不到的爱，她就不会被伤得如此彻底，她一定会创作出更多更优秀的雕塑作品，她的人生也一定会丰盈而完美。只是，人生不会重来，历史不会重演，最后留下的唯有声声叹息，还有无尽感慨。

那岛，那石，那人

万山石

万山岛不大，总面积约 8.1 平方公里；人口也不多，户籍居民不超过四百人。这个看似十分普通的地方，我却在第一次踏上这个小岛后，便对它一见钟情，念念不忘。

当然，吸引我的不是这里的《渔舟唱晚》，不是成片的相思林，不是延续了一百多年、具有浓郁海岛特色的妈祖祭典，也不是上了中央电视台大型纪录片《舌尖上的中国（二）》的万山海鲜美食，而是漫山遍野裸露在外、一览无余的嶙峋怪石。

万山岛的石，或大如城堡，一眼望不到边；或似神兵列阵，威武庄严；或犹雄狮怒吼，让人生畏；或如神龟探海，憨态可掬；或如群牛嬉戏，意趣盎然；或如卧佛祈祷，神情肃穆；或如将军拔剑，气壮山河；或如战马狂奔，势不可挡……凡此种种，不一而足。满山的石头或以跳跃之姿，或以奔跑之态，挤挤挨挨簇拥在一起，十分引人注目。

静默的山石不怒自威，似一群荷枪实弹的战士，忠诚地守护着这片南国海域，让世世代代的万山岛民在此安居乐业。

在被称为"亚洲奇观"的浮石湾，成千上万的卵石层层叠叠，相拥相偎，蔚为壮观。由于没有沙子，这里的海水显得尤为干净澄澈，近海的礁石清晰可见。惊涛拍岸，巨浪翻滚卷积雪，声如洪钟振寰宇。浮石湾的石头在经年累月的海水冲刷下，加上日晒雨淋和岁月的侵蚀，有些风化成了空心石，用力敲击，可听到清晰的回响，"精美的石头会唱歌"原来是真实存在的。只可惜这些能漂浮在海上的空心石被游客当作宝贝随手捡走了，现在想再找一块非常难。只留下"浮石湾"这个名字让人浮想联翩。

站在浮石湾向远方眺望，海天交汇，一片苍茫。

从浮石湾沿着蜿蜒曲折但干净整洁的水泥路缓缓前行，满目尽是或立或卧、形状各异的各种巨石。偶有飞鸟被脚步声惊扰，它们欢快地鸣叫着，扑腾着翅膀从石缝或小树上向空中飞去。疾风吹过，露出灌木丛中横卧的大石，似玩捉迷藏游戏的小孩正东躲西藏，颇有几分童真与野趣。

万山石，真是让人过目难忘啊！

万山人

据说抗日战争时期，万山岛民曾饱受日本兵的欺凌，他们坚贞不屈、同仇敌忾。恼羞成怒、气急败坏的日本兵残忍地以铁丝穿掌心,将许多村民穿在一起,从悬崖峭壁的三人台处将他们推入海中,从此葬身鱼腹。保卫大万山战役打响时,岛上曾驻扎了一个团的兵力,将士们浴血奋战,誓死捍卫住了这片神圣的领土。当年的金戈铁马,在史册上留下了浓墨重彩的一笔。万山军民大义凛然、不屈不挠的英雄气概彪炳史册,为后世传扬。

中华人民共和国成立后,万山岛上又涌现了名扬四海的"万山赤脚医生十姐妹",她们身背药箱,一边参加生产劳动,一边翻山越岭寻找草药,在大海上救死扶伤。风浪中她们用行动诠释了青春的风采和人生的意义。十姐妹是勤劳善良、坚强乐观、豁达大度的万山岛民的生动写照。

令人欣慰的是,十姐妹如今都健康快乐地活在人世。她们中有的随子女去了城市,有的还坚守在小岛。几年前我专程去岛上拜望了十姐妹中一位叫郑金好的阿姨,她和丈夫笑吟吟地将我迎进家中,热情地为我端茶倒水,老人眼明手快,动作十分麻利。谈起往昔峥嵘岁月,郑姨难掩心中激动:"当一名赤脚医生是我的梦想,能为人解难是我的荣幸。"谈到现在的生活,老人的脸上流露满足之情,她的两个女儿皆已成家,都在珠海市区工作,家庭十分幸福美满。郑姨和老伴虽年近七旬,却身板硬朗,他们仍然坚持出海打鱼,补贴家用,日子平淡而富足。两位老人伸出黝黑粗糙的双手对我说:"看,这就是太阳的威力。"望着那两双青筋暴露的手,我内心深受触动。两位老人十分健谈，乐观开朗写在他们和蔼、慈祥的脸上，我为之动容，劳动带给了他们健康和快乐，还有刻在骨子里的阳光心态。家是简陋的，笑声却是爽朗的。夫妻俩相濡以沫的那份默契让人感动与羡慕。

从老人家里出来，我感慨万千，劳动人民勤劳、善良、隐忍的本色在他们身上体现得淋漓尽致。

一方水土养一方人。万山人靠海吃海，世世代代以捕鱼为生，一条小船一张渔网是他们生活的主要装备。他们早出晚归，驾一条小船驶向大海深处，用大海丰厚的馈赠换回一家人丰衣足食的日子。

在小岛的小街上漫步，随处可见热情好客的渔民，善意的笑写在他们黑红的脸膛上。渔民的屋子皆依海而建，抬眼就能看到停泊着一排排渔船的万山码头和碧波荡漾的蔚蓝色大海。码头的港湾内漂散着渔民养鱼用的渔排。渔民在码头上穿梭忙碌，将一筐筐"战利品"搬到生晒海鲜场，空气中弥漫着浓浓的丰收味道。

信念坚如磐石的万山人，面对生活的风风雨雨，他们选择了坚韧和顽强。就像郑金好夫妇，他们热爱小岛、热爱大海，即使外面再繁华喧嚣，他们的内心却风平浪静、波澜不惊，始终笑看人生。

就在前不久，我看到相关媒体报道，说"万山赤脚医生十姐妹"退休后仍然保持着原来的无私奉献品格，积极投身社会的各项公益事业，如助学帮困、进行海岛文化宣传、参加志愿服务活动等,以实际行动不断向社会传递着满满的正能量,同时也把她们那种不畏艰险、迎风斗浪为渔民服务的"十姐妹精神"延续了下去。

心中有爱、眼里有光的人活得最踏实,也最让人尊重。

万山岛,这片纯洁的岛屿伫立在南海之滨,风姿绰约、仪态万方。美味的海鲜、纯净的海湾、闲适的渔港,这些都是秀美的万山岛重要的组成部分,但我最爱的依然是那漫山遍野抬眼可见的形状各异的奇石。万山岛的山不高,却因石而名;石不秀,却因其奇而让人爱。山与石相偎,水与石相搏,山水因而也更动感更有灵性。洗去历史的风尘,满山的石头千百年来巍然屹立在岛上,如忠诚的卫士,守护着中国南岸这片神圣的领土。

石如人,人如石。我心头猛地一振:这些石头不正是无数万山英雄儿女的化身吗?我爱万山岛,但我更爱万山岛上那纯朴厚道、坚贞不屈、奋发向上的万山人!

那洲古村行

人们常说：地因人名。此话不假！位于珠海唐家湾的那洲村，一个仿佛随手一指随意而取的名字，却因为出了著名的版画艺术家古元先生而声名远扬，这村名在人们眼中也似乎有了几分诗意。

到那洲村，自然要先去拜谒古元先生的故居。穿过村口牌坊进入村内，首先映入眼帘的是一排排青砖灰瓦、错落有致的古老建筑，醒目的门牌号，铁制的大信箱，斑驳陆离的墙面，老屋前的枯藤、古树，屋顶的青苔等，无不流溢着古朴、悠远的意蕴，携着乡野清新的气息扑面而来。这些涂抹着遥远记忆的元素，一下子将人带入了怀旧的情愫里。从喧嚣的都市来到宁静的村落，让人有一种穿越时空的恍惚感。那洲古村，瞬间镌刻进了我的记忆深处。

没想到那洲是一个有着五百多年建村历史和深厚历史文化底蕴的古村落，有不少建筑建于清朝及民国，还有些建于明代，曾繁华一时。历经数百年风雨洗礼，如今它们仍静静地伫立着，默默向世人诉说着那洲村昔日的荣光，而沿途两侧墙面极具生活气息的艺术彩绘又让我们清醒地回归到现实，最引人注目的是古元先生生前的代表作品，它们也被以彩绘的形式鲜活地展现在墙面，通俗与高雅交相辉映，那洲人的精神风貌一览无遗地呈现在眼前，那是一种乐观昂扬的态势，一脉相承，不曾褪色。

沿着干净整洁的水泥路蜿蜒前行大约 500 米，就来到了古元故居。一座由数米高的院墙围着的古色古香的两层小洋楼静静伫立，屋檐及墙身色彩明艳的彩塑及灰塑十分耀眼，墙上的图案以中国传统的"喜鹊登枝"、梅、兰、竹、菊及山水风景等为素材，显得生动且富有情趣。在屋侧参天古树的荫庇下，故居显得十分清幽、雅致。花园里高高的桄榔树亭亭玉立，大朵红色的扶桑花与月季花正竞艳吐芳，九里香芬芳扑鼻，有蜂蝶在花间嬉闹、翻飞，一派生机盎然的景象。不管有没有人欣赏，树照样生长，花照样开放，一种物是人非的沧桑和悲凉感涌上心头。

这座修建于 1912 年的老宅，虽历经百年的风霜雨雪，却巍然屹立，保存完好。古元故居属典型的岭南建筑风格，配上西洋木质百叶窗，屋子又多了几分时尚风。室内陈设简陋，最吸引眼球的是汉白玉雕塑的古元头像，面带微笑，亲切和蔼，栩栩如生。厅堂两侧悬挂着用两米多长的红木板书写的家训：和气致祥百忍成金处世端资退让；厚德载福唯善为宝持身贵养谦光。字里行间透露出屋主人的为人处世之道和德善传家的智慧法宝，使人油然而生一种敬意。古元先生忠厚善良、大度谦逊品格的形成大概正是得益于这良好家风的滋养。

古元先生是我国现代著名的版画、水彩画大师，杰出的人民美术家、美术教育家。徐悲鸿先生曾经称赞他是"中国艺术界一卓绝之天才""中国新版画界的巨星"。在抗日战争时期，古元先生以画笔做武器，深入农村和战地生活，与群众及战士同吃同住同劳动，切身体会到了军民一心、同仇敌忾的高昂斗志，他通过木刻创作出了大量抗战题材的作品，如《运草》《练兵》《部队秋收》《人民子弟兵》《拥护咱们老百姓自己的军队》等，非常具有时代感召力，它唤起了人们深切的爱国情怀，鼓舞着前线将士奋勇杀敌。这样一位杰出的人民艺术家，是珠海乃至中国的宝贵精神财富。斯人虽逝，而大师遗风犹存！在位于珠海市区的古元美术馆，我们能欣赏到他不少代表性作品。这位当年从那洲村走出的人民艺术家，带给世人无尽的精神财富。我想，这大概离不开这方水土的养育，以及秀美故乡赐予他的不竭创作灵感吧！所以那些勤劳善良的乡亲、纯朴厚道的村民，一次次落入他的笔端，成为他取之不尽、用之不竭的创作源泉。

古元故居的讲解员王女士从 2016 年 5 月开馆就在这里工作，这位外来媳妇在年复一年的讲解中，一次次被古元先生高尚的品格和卓绝才能所打动，她说："我与古元先生算是神交已久。2020 年之前，每年平均有 4 万多人前来参访，游客来自全国各地，他们都怀着对先生的景仰之心，十分虔诚。讲解次数越多，我对先生的了解便越深入，敬意也越深。古元先生低调内敛的品格、刻苦钻研的精神和对艺术的执着无悔给我印象最深，这也是他取得巨大成功的原因。他的作品有一种宁静美，线条和意境也很美，让人百看不厌，越看越爱。对我来说，每天的工作都是一种享受。"一种满足、自豪和幸福感写在她青春洋溢的脸上。

离开古元故居，在宁静的古村古巷穿行，不时能看到悠闲漫步的老人和嬉笑打闹的孩子，喧哗声惊得树上的鸟儿扑打着翅膀飞逃。不远处收割后的稻田在阳光的映照下闪着莹白的光，偶有鸡鸣犬吠打破村子的宁静，让人觉得仿佛置身世外桃源。漫步在那洲古村，颇有陶渊明笔下"采菊东篱下，悠然见南山"之闲情雅趣，再浮躁的心绪在这里也会被慢慢抚平。

沿着村口稻田边的小径循声前行，就来到了潺潺奔流的那溪河，这名字也仿佛随口而取的，溪与河竟混搭在了一起，村民们叫惯了，也没有人觉得有什么奇怪的。几座石质及木质小桥将两岸紧紧连接，村民过了小桥到对岸种田、养殖。一年又一年，他们在这片热土上洒下辛勤的汗水，收获着殷实的日子。当年不少有志青年也是从这里穿过小桥、翻过对面的石人山，到更广阔的世界去闯荡，他们赴港澳，带回先进的思想和理念，带回致富的技能，让村子旧貌换新颜。

岸边的相思树枝叶纷披，溪水边翠竹片片，清风送爽，让人心旷神怡。溪水清澈，游鱼不时浮出水面。有几个年轻人在不远处安静地垂钓，有几位画家正专心写生，有一对对恋人在相思树下相偎而坐，大家各美其美，悠然自得，如入无人之境。坐在绿荫下的溪水边，即使什么也不做，什么也不想，也是一种难得的享受。

那溪河，这条绕村奔流的母亲河，浇灌了村里的千亩良田，养育了世世代代优秀的那洲儿女。灵山秀水育英才。没错，物华天宝、人杰地灵的那洲曾是人才辈出的名人村。从这里走出过秀才、举人，走出过政要和商贾，也走出过大艺术家。有资料显示，自那洲建村以来，论从商、从政、从学等，能够载入史册的名人达数十位。如清朝举人梁凤明、进士谭俊谋，还有曾任交通部副部长的谭真等，当然，最负盛名的非古元先生莫属。

那洲村的一山一水、一草一木，都记载着时代的变迁和社会日新月异的变化。在乡村振兴利好政策的推动下，那洲人民与时俱进，除发展传统的种植养殖业、加工业和手工业外，目前正大力探索发展文化艺术及现代商贸、旅游及服务业等新兴产业，那洲现在已是名副其实的艺术村，古元先生的文化精神在这里得到了很好的传承与发扬，古老的乡村正焕发新的生机与活力……

美丽乡村

由于打算撰写乡村振兴相关建议的缘故，我在 2021 年深入走访了不少美丽乡村进行调研，近在身边的珠海，邻近城市中山，对口帮扶地阳江、茂名，还有湖南、湖北及江西的代表乡村，每到一处，村落都干净整洁、空气清新、风光宜人，犹如置身世外桃源、人间仙境，从繁华喧嚣的都市来到秀美宁静的乡村，眼前的景象让人神清气爽、身心愉悦，便不由自主地放慢了脚步。或是前庭后院栽花种果，处处鸟语花香、莺歌燕舞；或是山环水绕风景如画，祥和宁静中透着富足；或是座座洋楼靠山立，瓜果飘香蜂蝶闹，一派生机盎然的景象。或古朴中藏着诗意，或现代中透着妩媚……行走在各具特色的美丽乡村，总让人逸兴遄飞，心生暖意。

但最让我难忘的是地处珠江口西岸的中山市南朗镇的崖口村。金秋十月，正是稻花飘香的时节，我来到了闻名遐迩的崖口村，一进村口，但见稻浪泛金，白鹭翻飞，如织的游人正弯腰与稻穗合影，一群演员忙着在田间地头拍摄，阵阵笑声在田野飘荡，眼前是一派欢腾的景象，这样活力四射的美丽乡村，一下子深深吸引了我。

漫步在田野阡陌，空中弥漫着稻花与丹桂的幽香，路旁的小溪中鱼儿欢跳，白鹭在稻田里悠闲地踱步或起舞，一字排开的小洋楼在阳光的照射下熠熠生辉，飒爽秋风中的乡村殷实、安逸而美好，真是如在画中游。

村口的指示牌十分清晰地指引着初来的游客精准到达理想之地：名人故居、古堡碉楼、湿地公园、白鹭栖息地、美食一条街、海鲜及土特产集散地、网红民宿、伶仃洋……从迤逦的田园风光到壮阔的海洋风情，从封闭到开放，从现实到历史，从今人到古人，现实与理想在这里交融，传统与现代在这里汇聚，诗意的浪漫与真实的烟火扑了个满怀，真让人有恍如隔世之感。

崖口村是名副其实的鱼米之乡。农民下地种田、下海捕鱼，靠山吃山、靠水吃水，高科技加上现代耕种及捕捞工具的运用，为村民致富插上了腾飞的翅膀，快乐、自信与幸福写在男女老少村民的脸庞上，让外来者无不羡慕且向往。

驾车从村口的千亩稻田一路行至村尾一望无垠的大海边，伫立在伶仃洋岸边，看潮涨潮落、日升月落，听海浪拍岸、鸥鹭欢鸣，秋日的海风轻拂着面颊，惬意之感荡胸而生。翻卷的海浪把人的视线不断向远处牵引，而岸上各种美食摊主的叫卖声又把人的思绪拉回到眼前，俗世的烟火正热气腾腾地在身边萦绕。竹筒饭、煲仔饭、甜点、各类海鲜、各种土特产都深深吸引着各方来客。纯朴的村民售卖的东西都货真价实，让人放心，大家争相购买或品尝，仿佛捡了大便宜似的。售卖者不急不恼，笑意盈盈，心里那个美全写在眉眼间，农人身上特有的纯朴与善良一览无遗，他们真是知足常乐的乐天派。我想，要是当年曾在此写下"零丁洋里叹零丁"的文天祥穿越到今天，他的"惶恐"之感恐怕也会一扫而光吧！

崖口村的独特之处是它至今仍在实行的人民公社管理制度。1978年党的十一届三中全会以后，全国各地的农村都掀起包产到户的风潮，但崖口村的青壮年早已跑到澳门、香港或其他地方谋生去了，村中剩下的强劳动力不多，考虑到崖口的实际情况，党支部对包产到户问题也多次召开党员和村民大会，崖口人选择继续保持集体经营模式，实行按劳分配，而村内各项行政事务均由村集体统一管理，村民无论是否参加集体生产，均享有村集体的各项福利待遇以及其他权利，并一直延续至今。这看起来似乎是历史的倒退，实则是很现实也很明智的选择，这也进一步证明了"实践是检验真理的唯一标准"，适合自己的才是最好的！种地捕鱼，发展乡村旅游经济，村民用勤劳的双手创造着生活，过上了丰衣足食的好日子。因而崖口村先后获得"中国全面小康乡村振兴十大示范村镇""全国文明村""广东最美丽乡村""广东省旅游特色村"等诸多殊荣，可谓实至名归。

夜幕降临，独立于伶仃洋岸边，海浪与稻浪的混合交响让人沉醉，远眺隔海相望的深圳与香港的万家灯火，繁华与安宁就这样隔空交织,让人虽置身红尘外,却又在现实中,踏实而安然。

崖口人脚踏实地,心怀梦想,以实干闯未来的精神开拓出了一片新天地,但村民更感念自己遇上了好时代,不用像祖辈那样四处漂泊,在家门口就能实现致富梦想。

崖口村,仿佛南海之滨一颗闪亮的珍珠,璀璨夺目,是活力的,更是现代的。它是千千万万个中国美丽乡村的缩影,也是世世代代农人的向往。

第二辑

看 云

小时候看云，纯粹是觉得神奇而好玩。天空就像一个大魔镜，各种云在那里变幻着身形，或似人或如兽，或像山或如树，或静或动，或虚或实，且四季晨昏及晴天雨天的云也各不相同。天上仿佛是另一个人间，虽飘忽不定，却精彩纷呈，让人生出无限遐想。

乡下单调的童年生活中，看云是一件快乐而惬意的事，那动感十足、变幻莫测的天空，常惹得我和小伙伴们欢呼雀跃，难抑兴奋，想象力也变得异常活跃。抬头仰望或躺在地上与云对视，虽然无法触摸，竟觉得自己恍若飞身空中，似乎与云融为了一体，内心满溢着欣喜。云，飘在童年的记忆里和美好的香梦中……

青年时期的我对云的自由、洒脱与浪漫充满了向往。一年四季、东南西北，各地的天空自有不同，或红霞满天，或翻云泼墨，或洁白无瑕，似群峰耸立，又似琼楼玉宇，如写意的山水画卷，在天空肆意铺展，且变化无穷。离家求学的我像一片潇洒而自在的云，飘出了父母的视线，带着青春的梦想向着高远处飞升。

参加工作后，我因为出远差而一次次乘坐飞机，每想到万米高空可以近距离接触云，我便十分兴奋。飞机在云层中穿梭，而云朵就在机身周边飘荡，或近或远，或上或下，自由闲适。云并不因为飞机强大声波的惊扰而乱作一团，它们静若处子，岿然不动。坐在机舱内，最大的感受是天外有天，仰视、俯视或平视，处处是云曼妙的身影，或白得似雪，或黑得如墨，或大如高山，或小如细烟，像士兵列阵，似河水奔流，犹峰峦起伏，自如舒展，让人捉摸不透。

刚过而立之年的我从江汉平原来到了南方海滨城市，此时觉得自己就像空中的一小片云，飘忽不定，看不见来路与归途。在低头忙碌的日子，难得有看云的闲情，但众人的惊呼又常常把我的视线从地面拉向空中。由于地处亚热带季风气候带，南方的云与故乡的云有着明显的差异，南方的云总是一团团一簇簇的，气势磅礴，排山倒海一般，让人震撼。有时是红云满天，彩霞般迷人；有时是黑云压城，让人心生恐惧；有时如雪峰林立，宛如仙境；但更多的时候是蓝天白云，令人心旷神怡，浪漫情怀油然而生。诗和远方，原来就在一抬头间。

"行到水穷处，坐看云起时"，诗佛王维已然明白水和云是两种不同的生命状态，悟得世事变幻之无穷妙境，他不再为俗世所扰，达到了清静无为的状态。田园和自然才是心的归宿，这也是对王维生命最精彩的注解。

大度看世界，从容过生活。云聚云散，从喧哗到平静，这真是像极了我们的人生。

"蓝蓝的天上白云飘，白云下面马儿跑"，因为有了云，草原才变得灵动起来。正是因为有了萦绕在头顶的云，我们的生活才多了几分生机与活力。而云，你看或不看，它就在那里，一刻也不曾远离。

突然想起一件趣事，一次友人请我们小聚，席间，正念小学二年级的儿子小鸟般喳喳讲个不停："妈妈，今天上体育课时，太阳好大，同学们都热得出汗了，我头顶上空正好有一大朵云遮住了太阳，就没被晒着。"朋友开玩笑逗他说："你知道吗？你头顶那朵云叫崔云。"朋友的妙答弄得小家伙一脸茫然，我却忍不住哈哈大笑。原来母爱不仅可以为孩子遮风挡雨，还可以为孩子送去一片清凉哩。

孩童看云，看的是一分稚气，找寻的是无边的欢乐；成年人看云，看的是一种心境，搜寻的是久远的记忆；乡下人看云，是为了识天气，以安排农事；城里人看云，看的是一份闲心闲情；浪漫高雅之人"闲看一窗云"，看的是生命的风景。

云，飘在空中，飘在梦中，更飘在心中……

听 雨

风起沾落花,夜来闲听雨。听雨,需要一份闲心和闲情,有几分雅兴或雅趣,或带了些伤感与浪漫,或渗透着甜蜜与苦涩,又或许夹杂着丝丝愁绪与缕缕哀怨……不同的人在不同的场合与境遇下听雨,相信会有不同的体会与感受。

雨是思绪的精灵,牵一份缠绵的思念,裹一袭淡淡的忧伤,缥缥缈缈,仿佛离愁别绪,剪不断,理还乱。

南宋词人蒋捷以一首《虞美人·听雨》而广为人知:

少年听雨歌楼上,红烛昏罗帐。壮年听雨客舟中,江阔云低,断雁叫西风。

而今听雨僧庐下,鬓已星星也。悲欢离合总无情,一任阶前点滴到天明。

这是一首听雨名词,用三个听雨的场景浓缩了一生三个不同阶段的境况,感慨年华老去,道尽了人生的无常和晚境的凄凉,触动了无数人柔软的内心;晚唐五代著名花间派代表词人韦庄的《菩萨蛮·人人尽说江南好》中的"春水碧于天,画船听雨眠"词句,其描绘的美好而浪漫的妙境,不知道勾起了多少人的遐想与向往;同样是听雨,忧国忧民的陆游是"夜阑卧听风吹雨,铁马冰河入梦来",凄风苦雨让人惊心动魄,诗人的一片冰心苍天可鉴;南唐后主李煜听雨时,想起再也回不去的故国,辗转难眠,发出了"帘外雨潺潺,春意阑珊,罗衾不耐五更寒。梦里不知身是客,一晌贪欢"的哀叹;"空床卧听南窗雨,谁复挑灯夜补衣",贺铸听雨时,想起了离世的爱妻,满腹心思不知向何人诉说,日子的凄惶难以言表,读来让人断肠;"秋阴不散霜飞晚,留得枯荷听雨声",李商隐笔下的阴云、残荷和萧瑟的雨声,实在是凄凉至极,让人不忍卒读。

雨作为诗人、作家、画家笔下的典型意象,可以说千变万化,无穷无尽。

听雨,对于在农村长大的我来说算得上司空见惯。在旷野中听雨、在庄稼地里听雨、在山林中听雨、在屋檐下听雨、在客舟中听雨、在小阁楼听雨,这样的经历我都有过,只是那时尚年少,除了声响的不同,我似乎没有特别的感受。

雨打芭蕉、雨打屋瓦、雨打车篷、雨打窗棂……各种雨声汇成的生命交响,在耳畔和心中回荡,真实地记录着听雨人当时当地的感受和心境。

春雨的多情、夏雨的奔放、秋雨的含蓄、冬雨的冷峻,农人的感受最真切。他们近距离领略着雨的个性与风采，与雨和谐而友好地相处着。阳光和雨水对农人来说同等重要，他们能从雨中听出年成的好坏。雨对农人也最亲，辛勤劳作时，雨水和汗水常常交织在一起，在农人黝黑的肌肤上尽情流淌，洗刷着他们的疲惫；高兴或悲伤时，雨水和泪水会混合着肆意横流，让他们的情绪能及时得到宣泄。此时的雨，承载着农人的喜怒哀乐和万千情感。暴雨天农人最惬意，他们安心地放下农事，兴高采烈地与左邻右舍欢聚畅叙，奔放的喧哗声盖过了雨打屋瓦的声响，把整个屋子搅得热气腾腾、生机盎然的。

　　城里人喜欢煮茶听雨，倘有三五知己在雨天雅聚，则更有情趣，主客心中的快乐是不言而喻的。品茶听雨或把酒听雨一定不比把酒临风的兴致低。

　　雨有苦有甜，有好有坏，有悲有喜。且随它去吧！于我而言，最难忘的是一次伞下听雨的经历。那是一个夏天的周末，还在念高中的我步行去乘坐渡轮途中，没想到突遇暴雨，正当我手足无措时，一位同行的陌生大嫂用她的大伞为我遮住了从天而降的倾盆大雨，雨在伞上跳跃、奔跑，沉重的敲击声在头顶回旋，风大雨急，大嫂用力撑着欲飞的雨伞，尽量向我这边倾斜着，一路艰难地向前挪着步，雨声和着她急促的喘息声在我耳边回响。望着被雨水淋湿了半边衣服的她，我感动得直想落泪。如今每每回想起这一幕，那雨中的情景仍历历在目，那打在大伞上的清脆的雨声，久久在我心中回荡。

这一生，有很多听雨的时刻，失意时的感伤、得意时的开怀、成功时的喜悦、失败时的沮丧，这似乎都与雨本身没有太大关系，不管是蒋捷还是陆游，不管是韦庄还是李商隐，人们听的其实都是自己内心的声音。

说　禅

有很长一段时间，我的心情颇为沉重——好友的骤然离世和故交的罹患重疾，生命的脆弱和人生的无常让我黯然神伤。我走进普陀寺，与悟和法师、悟伦法师、悟全法师等深入交流，希望得到他们的开示。至今犹记得禅房内四溢的茶香和萦绕在茶台上的袅袅香雾，还有从大雄宝殿中隐隐传出的阵阵诵经声，当然最难忘的是法师们向我传授佛法真义的苦口婆心，关于生死、关于人生的种种，句句智慧的妙语真言如春风拂面，仿佛醍醐灌顶般，让人豁然畅快，多日来郁结在心内的愁绪被一扫而空。从禅房出来，我的步履也变得轻快了起来。

我不是佛门弟子，但心中始终对佛法怀着敬畏之心。它的信念，与道家、儒家文化有着相通之处。人们不断地寻求佛法真谛与解脱之道，其实最终是在寻找心的出口。

对于幸福的追求是人人的权利，但不同的人对幸福有着不同的定义，其内涵也因人而异。悟伦法师说："所求越多，快乐就越少；满足感越低，幸福感就越高。现实中不少人将目标定得很远大，远超出了自己的能力范围，这是不自知与不满足，是'贪'念在作怪，结果都不尽如人意。有些人在努力追求幸福的同时，让自己背负了太多的东西，结果因不堪重负导致半途而废。人不要'为五色盲，为五音聋'，若让名利困住了心、迷住了眼，就会离幸福越来越远。"简短的几句话，却形象而精辟地道出了获得幸福的奥秘。

"幸福离不开好心态，我们都说好心态成就好人生，此话不假。"悟和法师接着说，"就像种善因结善果，好心态需要不断修炼。首先，不要把人分成高下尊卑，众生平等，放眼望，大家都是空着手来，也都空着手去，有什么不同呢？不要高看自己低看别人，这其实是对自己的尊重。要有活在当下的阳光心态。有些人一辈子都在跟别人较劲，其实放过别人的同时，就是放过自己。人生最难的是急流勇退，尤其是功成名就时，但'功成身退'却是智者的追求与选择。有一点要强调的是：心态在职场上尤为重要，有时甚至超过一个人的能力，骄横跋扈、自以为是等，只能让别人远离你，所以我们说要'以出世之心做人，以入世之心做事'。入世，要求人以变应变，与时俱进，不能按部就班，否则会被淘汰出局；出世，则是与世无争，与人为善，看淡名利，处处怀着利他之心。工作和生活中，凡事做最坏的打算，尽最大的努力，不管结果如何，都会问心无愧，这就是好心态。团队及家庭成员间的心情是会互相影响的，你负能量周围就会阴暗，你阳光别人也会被感染，所以咱们不要做污染环境的人。"

"所谓'良言一句三冬暖,恶语伤人六月寒'。"悟全法师补充说,"有修养的人对人总是彬彬有礼、和颜悦色,讲话委婉真诚,别人听起来会舒服且愿意与之相处,他会如磁石般吸引着周围的人;而心胸狭隘之人,则处处苛责他人,以挑剔的眼光看待一切,只能让人厌而远之,时间一久,他就成了孤家寡人。生活和工作中,彼此对他人都会有要求,这是很自然的事情,各自所处的位置决定了其所持的立场观念不同,所以倘有解不开的心结时,换位思考就会想明白了。'小人求诸人,君子求诸己',严于律己,宽以待人,只有要求自己做出改变的人,才能掌握生活和工作的主动权。"这些为人处世之道,体现的其实都是生活中的智慧啊!

谈到不幸,悟全法师说:"人们常感叹:意外和明天,不知道哪一个会先来到。发生在别人身上不幸的故事,放在自己身上,就变成了事故。有时候,一根稻草也会压倒英雄汉。不要放大悲伤,也不要放大喜悦,学会控制自己的情绪,内心才会安然。面对亲朋的离世我们会很难过,这是人之常情。但好比花开花落,缘起缘灭,死亡是每个人的最终归宿,只是时间早晚不同罢了。我们不能一直沉湎于悲痛中,你若万般不舍,逝者也不会心安。这时候,建议到妇幼保健院去看看,那里每天有多少个新生儿降生,响亮的啼哭声会带给人力量与希望,我们慢慢会转悲为喜。生死是常态,看淡放下最智慧。生活中,面对各种突发的灾难,我们会无助而恐慌,但认真翻阅一下人类发展史,有不少意外或灾难反而成了推动社会进步的催化剂，想到这些，我们的内心是不是会感到莫大的安慰？"我低头沉思，颔首称是。

话题转到了对于成功的探讨上，悟和法师说："人人都渴望成功，这无可厚非，但努力的过程其实比成功本身更重要。追求成功，但不要迷恋成功，迷信什么，什么就会成为沉重的枷锁，束缚住我们的手脚。所有有成就的人都有力量、方向与目标，拉开与别人的差距就在于独处时的学习与思考，自己觉悟自己的人生才是圆满的。这个社会，人人都在寻找适合自己的平台，但当你足够强大时，你就是最好的平台。"何其深刻的人生哲理，但它就蕴含在看似琐碎的日常生活中，就在我们的意念中。

走在寺庙的亭廊间，只见善男信女们正在佛像前虔诚地焚香叩拜，口中念念有词。我耳畔突然回响起悟和法师温和有力的话语：求人不如求己，人最终都是靠自度。我不禁一震，一束智慧之光霎时照亮心头。不知为什么，我竟然想起苏轼所说的"江山风月，本无常主，闲者便是主人"这句极富禅意的话，所谓"闲"，是指有一颗关爱自然和他人的善心，类似王维"人闲桂花落"和陶渊明"采菊东篱下，悠然见南山"这种境界，物我两忘。人生的真趣亦要在"闲"中寻求，法师闭门修行，身虽"闲"，心中却装着朗朗乾坤及人间万象，开出的"妙方"，能疗疾亦能疗心，真是善莫大焉！

缕缕茶香

我从小没有饮茶的习惯与嗜好,但热爱收藏有年份有故事的茶叶,喜欢茶饼在房间散发的淡淡幽香。以茶雅志,以茶会友,品茶悟道,是中国特有的茶文化现象,我内心认定品茶是件高雅之事。"柴米油盐酱醋茶,琴棋书画诗酒花",这句话说出了茶在人们日常生活中的重要性,但我始终觉得把茶与柴米油盐酱醋这些粗放型的日用品并列,似乎让它显得俗气了许多,与琴棋书画搭在一起仿佛更合适些。

七月中旬,正是三伏天,暑气蒸腾,我应朋友之邀参加在她茶店举办的香道及茶艺表演活动。当天来的多为女性,她们大多身着旗袍或真丝曳地长裙,个个袅袅婷婷,别具古韵,恍如仙女下凡,而明眸皓齿、一袭雪白汉服、身材玲珑有致的茶艺师则显得素洁优雅,端庄中透着几分沉稳与大气,这是一场美的集会。大家列队依次净手走进活动室,雅室内古琴悠扬,人美茶香,一种神圣感顿生。

舒缓的音乐让人们浮躁的心绪逐渐归于宁静。茶艺师先向大家展示了香道文化，陶钵中的一小块沉香片，经过她灵巧双手的轻揉慢拈及文火熏烤，芬芳的味道瞬间弥漫了整个房间，那香气缥缥缈缈，似有若无，让人通体舒泰。茶艺师让大家一一捧而闻之，缕缕香雾直入肺腑，妙不可言。沉香真不愧为众香之首哇！闭上眼睛，香气则更显浓郁，让人沉醉。此心安处是妙境！

茶艺师说："这种香气十分低调内敛，倘若心浮气躁，它会悄悄从你身边溜走而你却浑然不觉，但若你内心宁静，猛然间的淡淡香气袭来，会让你有惊鸿一瞥般的惊喜，仿佛邂逅了久违的老友。"她的解读很诗意也很能打动人。可以确定的是，闻香后，所有人都安静了下来。

原来这只是品茶的前奏。只有心静后，才能真正品出茶本来的味道，这叫"磨刀不误砍柴工"。细细想一想，实乃用心良苦。

接过茶艺师亲手冲泡的一杯陈年普洱，我和大家一同一饮而尽，只觉满口生津，唇齿留香。心想：专家就是不一样啊！我这个小白这么快就被带入了情境之中，有模有样地品起了茶来。

大家边品茗边看茶艺师的茶道表演，听她缓缓讲述识茶、泡茶、品茶知识。总结起来是：茶品三样定、喝茶三讲究、茶分六大类、审评五综合。茶的用量、泡茶的水温及茶的年份这三样决定了茶的品质；喝茶三讲究是：少喝茶，喝好茶，喝对茶；而所有茶共分六大类：绿茶、红茶、白茶、黑茶、黄茶、青茶。根据茶的发酵程度和工艺，同一种茶可以制作出不同种类的茶。只有绿茶是不发酵茶，品的是它的新鲜甘甜，但易伤脾胃。其他茶叶则是不同程度的发酵。不同体质的人选择适合自己的茶才利于健康，比如绿茶偏寒凉，红茶能暖胃等。从养生角度考虑，春夏秋冬和早中午晚都要对应喝不同品种的茶，这也算是顺应了天时和自然之道。评审一款茶的好坏要从五个方面综合考察：外形（匀整度、嫩度、净度）、汤色（颜色、清澈度）、香气（纯正度、持久度）、滋味（回甘）、叶底（匀整度、净度、嫩度）。有的茶好看却难喝，有的茶有香气却很快消散，有的茶有异杂味，有的茶颜色浑浊不清澈，这些都不是好茶。好茶初品苦涩，却能迅速回甘。茶不同，茶韵和茶味亦不同。同一款茶，冲泡与闷泡的味道会相去甚远。同样的，心情好与心情差时品出的味道也完全不同。

茶艺师讲的是茶道，而我却觉得她更像是在讲人生哲理。人生的坎坷艰辛，正如杯中之茶，入水前的千锤百炼、入水后的高温浸泡，才得清香馥郁，耐人寻味。"茶里乾坤大，壶中日月长"。品茶之味，悟茶之道，就是要用雅兴去品，要用心灵去悟。

古之茶经与禅相通，相通在于禅理，于是有了"茶禅一味"之说。泡茶、品茶的无穷奥妙，茶文化的博大精深，让平素不爱茶的我不禁发出了声声慨叹。

炎炎夏日消酷暑，淡淡香茗润禅心。茶，喝的是一种心境，品的是一种情调。独自捧一杯香茗，看兰芽吐蕊，轻歌曼舞，真是人生一大快事。半盏清茶，观浮沉人生；一颗静心，看清凉世界。难怪古往今来它备受文人雅士的推崇。唐代诗僧皎然曾写下《九日与陆处士羽饮茶》：

> 九日山僧院，东篱菊也黄。
> 俗人多泛酒，谁解助茶香。

禅院饮茶，茶仙与高僧相对，意境甚为绝妙。其中真意，耐人寻味。

北宋大文豪苏轼也曾写下《汲江煎茶》：

> 活水还须活火烹，自临钓石取深清。
> 大瓢贮月归春瓮，小杓分江入夜瓶。
> 雪乳已翻煎处脚，松风忽作泻时声。
> 枯肠未易禁三碗，坐听荒城长短更。

煮茶的快意，饮茶的豪迈尽在字里行间奔涌。一杯清茶的幽香能抚去宦游之人征程的疲惫，也能让他们沉淀思绪，放飞心情。因而，历年来以茶入诗入词入文入画的数不胜数。文人雅士品茶悟道，抒发的是一份雅兴雅情及对人生的深切思考，可以说，茶是他们眼中、手中和心中的至爱。

在生命的长河里，汲一壶水，煮一杯茶，品生活的香。看茶叶在沸腾的水中浮沉、舒展、绽放，最后归于平淡。这真是像极了我们的人生！

短短两个小时，我带着满满的收获从茶店走出，感觉自己已是满身茶香……

世界，你早

我有一个作家朋友，年龄并不大，近几年却对养生之道产生了浓厚的兴趣，他遍寻古人养生秘方，最后综合比较，发现最关键的竟然是早睡早起，谓之顺应天地自然。他如获至宝，欣喜若狂，立即认真而虔诚地践行。

朋友极为自律，自那以后他每天清晨五点就准时起床，从最初的不适应到渐成习惯，不管刮风下雨，无论严寒酷暑，从未间断，一坚持就是五年。他还经常向身边的同事朋友推荐这一养生秘籍，大谈早睡早起的种种好处：夜晚不到十点便酣然入眠，一觉好梦到清晨，起得床来神清气爽，周身元气满满，精力异常充沛。此时可以捧读一本好书，尽情遨游在知识的海洋里；可以泡一壶香茗，在茶香中静静品味禅意人生；可以展开纸笺奋笔疾书，一抒胸中块垒；可以在阳台上逗弄花草，对着它们微笑；可以在楼顶静静打量还在睡梦中的城市，任思绪在空中飞扬；可以移步公园听群鸟闹林；亦可以踱向海边看壮观的日出或远眺帆船点点……总之是能够悠然地独享一份清幽，心无旁骛地看世界，静静体会第一缕阳光和第一缕微风带来的惬意和舒畅，他说想想大千世界和芸芸众生，人生的美好不过如此！

朋友将早起的妙处讲得如此形象而具体，不禁令我心向往之。我无法像他那样天天坚持，但一年中总有几天刻意设定好早起的时间，在丁零零的闹铃声中从香梦中爬起，在几分神圣与庄严中开启新一天的生活。由于早起的缘故，我第一次看到了海上日出，圆了多年的夙愿；我第一次在空无一人的大街上漫步，真实感受到了深居闹市的宁静；我第一次在大清早提笔为文，写下心中的万千情思……我真切体会到了早起的妙处：能够静享自然宇宙之美，无案牍之劳形，无世俗之牵绊，还能精骛八极，心游万仞，让思绪信马由缰，达到极度自由快乐之境。

看着朋友红润的脸庞和炯炯有神的双眼，还有那日益矫健的身姿和写在骨子里的满满自信，我觉得这是财富和功名换不来的人生好状态，这应该算得上早起对他最大的馈赠。

俗语云：一年之计在于春，一日之计在于晨。农人有"早起三光，晚起三慌"之说，讲的都是"人勤春来早"的道理。早起，一切尽在自己的掌握中，我们能闲看日月同辉，还能细赏枝头花蕊吐芳，蓬勃的生命绽放在眼前，无边的欢乐洋溢在心中，岂不美哉快哉！

早起的人有足够多的时间认真安排每一天的工作和生活，以最好的心情迎接黎明的到来，与天地对话，与自然相拥。早起的人是世界的主人,他主宰时间,亦主宰了生活,始终保有昂扬的斗志和乐观向上的状态。早起的人认真倾听自己内心的声音,活得坦然自在,将日子过得诗情画意、热气腾腾。

早起,是一种激情饱满的精神状态,更是一种从容淡定的人生态度;早起,是一种生活习惯及生活方式,它让我们的人生变得更美好。

家里来了小可爱

2022年虎年春节,儿子放假回家,随身带回了他心爱的蓝猫——啵啵。啵啵长得虎头虎脑,有着黑白相间的花纹,像个小熊猫似的,我一见开怀,虎年蓝猫来我家,这可是吉祥兆。

这只蓝猫出生没多久就被儿子领回了家,转眼已快一岁了,跟他这个小主人很是亲近,与他嬉戏玩耍,晚上还常常睡在他枕边,给他带去了不少欢乐。儿子之前曾通过视频让我看过它两次,这次真正见到它,如与久违的老友重逢,我心里满是欢喜。可当我把手伸过去想抱它时,它却怯生生地用圆圆的眼睛瞪着我,眼神里带着几分敌意,一下子从儿子怀里挣脱开,躲进了卧室的床下,任凭我们千呼万唤也不出来。

儿子说这是蓝猫的特性,它警惕性很高,只要到了陌生环境,它都会先进行"侦察",确认安全后,才会慢慢跟人亲近。没想到它的自我防范意识及保护能力这么强。

蓝猫"警长"到家的第一天,就像个侦探似的,满屋巡视，它一会儿钻到床底、一会儿又躲到沙发下或窗帘后，总之哪里最隐蔽它就往哪里钻，似乎黑暗中才最安全，好像见不得人的小媳妇。我很是心疼，觉得大过年的，竟让这个小家伙担惊受怕，真正是委屈到家了。

儿子想尽办法才把它从阴暗角落里逼了出来，听到我的脚步声，它在儿子怀里吓得浑身颤抖，缩成一团。儿子说这是因为声音陌生，熟悉了就不会发抖了。我听了哈哈大笑，本来是猫科，却胆小如鼠，也是让我开眼界了，谁让人家是名贵的宠物猫呢！这就是猫与猫之间的区别呀！

小家伙的警惕程度远远超出了我的想象。来的当天，它不吃也不喝，只在家里东躲西藏，寻找最安全的地方藏身。我真担心它会饿坏了，结果第二天早上儿子告诉我，凌晨时分，啵啵把摆放在他房间里的猫粮吃光了，水也喝完了。现在已钻进了专门为它准备的纸箱中酣睡哩！我听了很高兴，这个聪明狡猾的家伙，还挺会照顾自己的，人家只是对陌生人不信任，饿坏了它自然会大吃大喝，毫无顾忌。

观察了一整天，第二天醒来，啵啵在儿子的房间瑟缩着脑袋向在客厅和厨房间穿梭忙碌的我不停地张望，如此几番打量，见我并无恶意，应该不会对它的安全造成威胁，它便开始有意与我亲近起来，会让我摸摸它浑圆的身子、抚抚它光亮的胡须和毛发。小家伙长得得圆滚滚的，体重近十斤，加上是矮脚，走起路来大摇大摆的，一副连滚带爬的样子，显得笨拙但萌态十足，十分招人怜爱。

慢慢混熟了，哓哓开始自由自在地在家中撒欢儿玩耍，还有意无意地走到我身边蹭我的衣服，会让我抱它、撸它，看它圆滚滚在我面前撒欢儿打滚卖萌的样子，我忍不住哈哈直乐，也明白了为什么那么多人养宠物猫，尤其是蓝猫，它真的会让人的心都萌化掉。

　　通过细心观察，我发现猫跟人的关系有点奇妙，它有自己严格的界限和交往底线，它离不开人却又绝不黏人，处于一种若即若离的状态。玩累了之后，它会有意在你面前晃悠，以引起你的关注，你若轻抚它的身体，它会舒服地躺在地上，舒展着四肢，享受着片刻的快乐。你若抱着它抚摸许久不放，它会不耐烦地向你伸出它"金刚狼"一样锋利的爪子，这种示威似的"亮剑"方式吓得我拼命将身子往后仰，生怕被它抓破了相，倔强的它从我怀中挣脱后，哧溜一下跑到一边玩耍去了，还不时以得胜者的姿态回望我，像个固执而调皮的顽童，自由自在，既想依赖人又不想被人束缚。这可是做猫的智慧呀！

　　闲暇，我最喜欢与猫对视，它铜铃似的眼睛闪闪发光、清澈明亮，一如纯真的孩童，尤其它爱干净的好习惯让我印象深刻。只要闲下来，它就会认真地用小舌头舔遍全身，连脚趾也不放过。它还会用两只前脚洗脸和挠头，把自己打理得清清爽爽的。是不是它担心不这样会遭主人嫌弃呢？做一只宠物猫也难哪！

　　从心理学角度讲，撸猫能有效缓解压力，与养花种草一样，但花草是静态，猫却能与人亲密互动，有温情和暖意，因而更招人喜爱。

春节我买了迷迭香摆放在客厅，正值花期，花儿开得热烈奔放，满室弥漫着淡淡的幽香。啵啵每天在这些花前流连，眼巴巴地打量着，抬头嗅一嗅，或是用小舌头舔一舔花瓣，专注的神情完全是一副花痴的模样。爱美之心，猫亦有之呀！我在一旁偷着乐。有花与猫相伴，夫复何求！

春节有了啵啵，家里似乎多了不少喜气。虎年春晚最火爆的节目非舞蹈诗剧《只此青绿》莫属，清新淡雅，让人惊艳，刷爆了朋友圈。第二天回放这个节目时，我正看得津津有味，却发现啵啵不知什么时候从房间踱步出来，纵身一跃，跳到了电视柜上，侧身盯着电视画面竟也看得入了神。等我拿出手机想拍下这一幕时，它却猛一转身跳了下来，跑到阳台上晒太阳去了，原来节目已接近尾声了。没想到小猫还有如此高的鉴赏力，我不禁对它刮目相看。猫通人性，真是不服不行啊！

小家伙如此聪明可爱、讨人喜欢，按常理应该给予犒赏才对，况且正值春节，不能只吃一成不变的猫粮啊！我拿出从超市买回的一包干鱼丝，打开包装，鱼香扑鼻，我只在啵啵面前轻轻一晃，它便一下子两眼放光，急不可耐地想夺过去吃。我将手缩了回来，它可怜兮兮地望着我，是那种乞食者的卑微姿态。儿子叮嘱说含油含盐含糖的食物尽量不给宠物猫吃，会影响它的健康。但我想，少吃一点应该没问题吧，便撕了两小片给它。结果它如饿狼扑食般，很快狼吞虎咽了下去。吃完，它咂咂嘴，抬头望着我，那意思是求求你再给点吧。但为了它的健康，我每次只给它一点点，见卖萌卖惨撒泼皆无效，它也就不再坚持，有些不舍与失望地离开了。接下来的几天，它总会对着那装着干鱼丝的袋子发呆，或者干脆跳到袋子上，有意把我的注意力吸引过去，示意我打开，见我并不理会，它便悻悻地溜之乎也。

猫爱吃鱼，这是猫的天性，即使生下来从没有见过鱼，鱼却永远是它的最爱，任谁也挡不住这股狂热。爱便爱了，无怨无悔，任人评说。蓝猫这不加任何掩饰的真爱，反倒让作为人类的我们自叹弗如。

一周的春节假期转眼就结束了，儿子要返回单位上班，同时带走了他心爱的啵啵，家里一下子清静了下来，我却突然有了一种深深的失落感……

与故乡的秋天撞个满怀

离开故乡已经 20 多年了,因为工作忙碌、路途遥远及交通不便等诸多原因,我回去的次数屈指可数,且都是在春节长假期间,因而我渐渐淡忘了故乡春、夏、秋三季的景致了,心里虽惆怅,却也无可奈何。

2021 年 9 月,因惦记着刚做过手术不久的母亲,我独自从广州驱车千余里,回到三年未归的故乡。长途开车,难免劳顿,但归乡心切,虽远必达。一路上有青山绿水相伴,有美丽的风光迎面而来,倒也心旷神怡,疲劳顿时消减了大半。车随心动,一路轻快,第二天一大早,我便回到了魂牵梦萦的故乡。秋风送来阵阵凉意,眼前的田野是殷实的,成片的大豆颗粒饱满,成片的玉米在秋风中飒爽地舞着,田埂上堆满了花生叶及芝麻秆,一群群鸟儿叽叽喳喳忽飞忽落,尽享着美食。农家小院门前及道场上、马路边晾晒着大豆、玉米、花生、芝麻等,丰收的喜悦一览无余地写在农人的脸上。江汉平原,处处生机盎然,这丰收的景象让人欣喜和沉醉。

看到风尘仆仆的我，事前没得到我回家消息的母亲吓了一大跳，显得有些不知所措，不过随即脸上就笑成了一朵花，眉眼间全是惊喜，嘴里却在责怪："回来也不打个招呼，我好做些准备，去街上买些菜。"我笑嘻嘻地说："这叫突然袭击，意外惊喜。有啥好准备的？跟你们一样吃就行了，况且我在城里什么没吃过呀！"母亲有些释然。

我最高兴的是看到母亲术后恢复得很好，虽然面容有些消瘦，但身体依然十分健朗，这大约就是母亲常说的劳动带来的好处吧。我正在往车下拿东西，没想到母亲很快在院子里抓住了一只鸡，说是作为午餐的主菜。她接着烧水、烫鸡，动作依旧很是麻利，让一旁的我看呆了。我对母亲说："我一回来就让这只鸡送了命，心里真是有些过意不去。"母亲笑着说："喂鸡就是等你们回来宰了吃的呀，这是鸡的使命。"母亲竟然说出如此哲理的话，惊得我瞪大了双眼，夸奖她说："越活越智慧了。佩服！"母亲一边和我拉着家常一边干着活，满心欢喜的样子。小院里鸡飞猫叫，小狗也摇尾来凑热闹，树上的秋蝉也在不停地鸣叫，显得热闹非凡。

母亲今年已73岁，但她依然在地里辛勤耕耘。母亲做事干练利索，厨艺精湛，多年来村人办红白喜事都喜欢请她帮忙，家里存着的一大堆毛巾、香皂都是别人答谢她的礼物，这次一回家她就兴奋地拿了一大袋放进了后备厢。母亲更是干活能手，十里八乡远近闻名，虽年过七旬，她有时还会被村人约上外出打几天短工，如摘花生、捡棉花等，母亲说她不比年轻人差，挣的工钱也不比年轻人少。这些都是体力活，辛苦哇！

我听了有些心酸，母亲却一副乐呵呵、很有成就感的样子。自强不息的母亲从来不愿意用儿女的钱，一辈子都是自食其力，她觉得这样光荣。尤其是看到她还能快速穿针引线，我甚感羞愧，因为我几年前眼睛就已经老花了。劳动的快乐，母亲比一般人的体验要深刻许多。

虽是人生暮年，母亲却有着秋天般的绚烂，她耳聪目明，豁达乐观，用勤劳的双手将平淡的日子过得热气腾腾，充实而美好。我称她"革命人永远是年轻"。想到近几年好几位英年早逝的朋友，我半开玩笑地对母亲说："老妈，万一哪一天我先您而去，您可要想开一点，不要太伤心哟！"母亲闻之一惊，随即斥责道："这种话以后再也不许讲了，没有了儿女，我还活个什么劲哟！"见母亲有些伤心又有些生气，我马上转移了话题。母亲是懂爱的人。

午饭后，母亲将我带到田间地头，指着一大片长势粗壮的豆荚兴奋地告诉我说："今年种的田地大丰收了，估计每亩地要比去年多收入近一倍。玉米收入已落袋为安，黄豆再过几天就收割了。"这真是天道酬勤哪！我由衷地为母亲感到自豪，她活得如此有尊严，在任何困难面前都不曾低头，这是何等坚强的毅力呀！与母亲比，我真是自惭形秽。

秋天，秋天，这迷人的秋天，带给农人许多的期盼与喜悦！

母亲接着又带我去妹妹、妹夫与村民合伙种植的脆枣园。大棚内，枣树翠绿油亮的叶片在太阳的照射下闪着银光，一串串宝铃般挂满枝头的脆枣，或晶莹如翡翠、或鲜红如玛瑙，颗颗饱满香甜，异常诱人。果园的主人都很大方，现场任凭采摘品尝，决定带走的才按斤收钱。妹妹早年也在南方打工，后来为了陪伴孩子才回到老家搞种植养殖业，虽然辛苦，收益却很可观，最主要的是工作、家庭两不误。近几年，随着新农村建设的推进和一系列惠农利好政策的出台，村民种植热情高涨，在家门口就业致富的梦想就此实现。

望着皮肤被晒得黝黑的母亲和妹妹，望着脚踏实地辛勤耕作的父老乡亲，我内心突然被一种巨大的感动所笼罩，他们热爱生活、积极乐观、昂扬向上、宁折不弯，这不正是新时代最美的劳动者群像吗？

我和母亲走在希望的田野上，触目尽是收获的欢欣。路两边高大的银杏树及柏杨树在秋风中欢快地舞蹈，仿佛在为农人唱一首爱的赞歌。

与故乡的秋天虽是久别重逢，却一见如故，别有一番滋味在心头。

返程的时间很快到了，母亲又将秋收的喜悦装进了我的车中，说是让我与朋友们分享：新收的芝麻榨出的香油，一大袋新收的干花生，还有她在村里挨家挨户收购的一大筐新鲜土鸡蛋，恨不得将车塞满才开心。

带着金秋的温暖，带着满满的爱意，我恋恋不舍地离开了故乡亲人，走出老远，一扭头，发现母亲还站着村头目送，我不禁泪流……

愿这秋色永驻！愿山河无恙、人寿年丰！

春

一

一年四季，只有春拥有自己盛大的节日，举国欢庆，万民同乐，让无数人心驰神往。

春在盈盈的柔风里，春在绿意初绽的树枝头，春在一望无际的原野上，春在解冻的溪流里……春在视线所及的地方肆意地拔节生长，洒下一路欢歌。

清脆的鸟鸣，含苞待放的花蕾，都带着春意，在欢唱、孕育，在尽情舞蹈。

万物皆有春心，温润的空气中，处处流淌着爱的因子。鸟在风中恋爱，花在风中结籽，情歌在田间地头飘荡。

有春雨徐徐而来，带着万般柔情，轻抚万物。小草悄悄探出了头，春芽在细雨中抖索了精神，绿意在天地间铺展，一如巨幅画卷，画中有游鱼嬉戏、猫狗追逐，欢愉自在，十分灵动。

红杏枝头春意闹，一个"闹"字，说尽了春的特质、春的魅力。

一切都带着爱在生长，在飞翔。在山坡，在荒野，在无人光顾的沟渠边，小花小草不知何时长成了一片醉人的美景，引来蜂飞蝶舞、虫鸣鸟叫，盎然的生机让人击节叹赏。

尤其到了阳春三月，春的含蓄渐渐演变成了热烈，那满眼金黄的黄风铃木花，一团团一簇簇开得何等奔放！那大朵大朵的木棉花如红云抹在了枝头，异常耀眼。最吸引人眼球的是那千朵万朵压枝低的山茶花、雍容华贵的牡丹花、千娇百媚的玉堂春、粉团团的绣球花……绽放的美丽就在眼前。当然，还有桃花、杏花、梨花也高举着属于自己的一朵朵骄傲，将大地装扮得分外妖娆。更有或红或白或紫或粉的树树繁花，将城市的街道装点得五彩斑斓，人与车便真如画中游了。

三月，处处是花的海洋、鸟的乐园、蜂蝶的天堂，游人陶醉在这鸟语花香中，乐不知返……

春阳、春风、春雨，仿佛有着巨大的魔力，它们催开了千朵万朵花、催绿了千顷万顷田、催动了千般万般情，让一切都变得明亮而生动了起来。

大地上春潮涌动，她投入每一个热爱生活的人的怀抱里，软玉温香，散发着无穷魅力。

田野里农人忙碌的身影，闹市中人们匆匆的脚步，工地上的挥汗如雨，厂房里的隆隆机声……人们踏着春的节奏，在奋力起舞与奔跑，汇成了气势磅礴的春之交响。

春在无边的光景里,春在火热的生活中。

爱春,惜春,在春天里出发,风雨无阻,义无反顾……

二

2022年的春分时节,正值周末,难得的休闲时光,我驱车来到中山市南朗镇的田心公园。这个公园有山有水,曲径通幽,最适宜踏青赏景。独步山林,抬眼望,到处是如金似玉像霞的黄花白花粉花,还有如火的枫叶,漫山遍野层林尽染,色彩斑斓。鸟儿在枝头欢快地跳跃,鸟鸣声把寂静的山林搅得沸沸扬扬。山脚下各种叫不出名的小花虽素淡,却蓬蓬勃勃簇拥在一起,芬芳馥郁。山涧的溪缓缓流淌着,像是演奏一支舒缓的乐曲,悠扬动听。溪边的修竹繁茂地生长着,挤挤挨挨,比肩向上,团结一心相扶持,肆意地向四周蔓延,仿佛要占山为王,旺盛的生命力让人惊叹。

婉转的鸟鸣,轻快的脚步,春的喧闹在耳边回响。真正是山欢水笑人儿喜上眉梢。南方的春天,万物欣欣以向荣,春在旷野更在心。

走着想着,春雨突然悄悄洒落,绵绵密密,却异常轻柔,鸟儿不惊,人儿不慌,花草树木躬身肃立,都在静静享受这难得的春天的洗礼。

每年春天,我都会来这个公园探访。顺着熟悉的路径慢行,沿途风景跟往年相差不大。只是树木变得更粗壮了,花儿开得更奔放了。花草树木怡然自得，不管有没有人来欣赏，它自兀然开放与成长，从没有忘记作为花草和树木的使命。我突然想起，去年一位朋友的骤逝让我异常难过，为排解心中的痛苦，我曾多次来到这个公园，看到所有的白花，觉得那仿佛都是对好友的祭奠，忍不住泪目。去年花谢今又开，去年人去却永不还。花开的欣喜、花落的黯然，这是一场美丽的轮回，花比人幸运啊！这样想着时，竟有一股淡淡的愁绪漫上心头。但转念又一想：既然无法改变，就应该如这眼前的百花尽情绽放，才不负此春光韶华。

春天看花开，秋天扫落叶，一任自然。

淡然处世

相信不少人对《红楼梦》中的《好了歌》都耳熟能详，那句"古今将相在何方？荒冢一堆草没了"让人生发无限感慨。可以说，这首《好了歌》道尽了人生的各种玄机，其中包含的深刻人生哲理，值得细细体会。

生而为人，如何活好这一生？人们一直在苦苦思考和探索。

国学大师季羡林先生曾说：一个人活在世界上，必须处理好三方面的关系——人与大自然的关系，人与人的关系，人与内心的关系。我认为最重要也最难处理的是人与内心的关系，只因为它变化多端，要成功驾驭并非易事。

要把心安顿好，首先就要消除私心杂念。在何事该"为"、何事不该"为"上认真权衡，慎重选择。人，无欲则刚。要与各种欲望对抗，需要高举正念的旗帜，更需要恒久的定力与勇气。

其实，只要认真研读过《道德经》的人，都会明白老子倡导的"有为""无为"的真正含义,其中的大智慧耐人寻味。凡利于他人和众生的事,一定要"有为",而在名与利方面,他倡导"不争"即"无为",这就是"无私"。"五色令人目盲;五音令人耳聋;五味令人口爽;驰骋畋猎令人心发狂;难得之货令人行妨",意思是:五光十色让人眼花缭乱;靡靡之音令人失去理智;山珍海味饱口欲陷侈靡;骑马打猎,让只能以渔猎种田糊口的老百姓内心发狂;珍贵的物品让人产生占有的欲望。食、光、声、色等这些都是诱惑,但看你有没有能力抗拒。"不尚贤,使民不争;不贵难得之货,使民不为盗",强调的是掌权者应平等对待人与物,不因人的贤能与否及物品的贵重与否而有分别心,使人起名利之心及贪欲之念;"夫唯不争,故天下莫能与之争",大意是说:埋头把事做好,不与人相争,世界上就没有人能争得过你。不争反而会让人立于不败之地,这是成功之道;"功成弗居"更是升华了"不争"的境界。

如果能读懂《道德经》,我们在为人处世、治国理家、处理"人与自然、人与人、人与内心"三方面的关系上就会从容淡定、不忧不惧、不卑不亢,活得快乐而自在。

与人交往,唯有摒弃高低贵贱之别,才会真正走进别人的内心,收获纯真的情谊;与人合作,唯有真诚坦率,才会协作共赢,走得长久;常常关注自己,清空内心的垃圾,会让我们活得干净而宁静,清风明月和花草树木才会在眼前美成一首首诗和一幅幅画。

为人也好,处世也罢,都要坚守本分,才会稳健前行,通向至高之境。

人到无求品自高。看淡与放下,考验的是智慧,更是个人心胸与格局。

第三辑

这个人就是妈

有人说：女人成了母亲，花便成了树。细想一下真是极富哲理。花，美丽动人，却娇柔脆弱；而树，虽经风雨摧折，却坚忍顽强。花，独自绽放，供人欣赏；而树，则撑一片绿荫，为人遮风挡雨。境界之高下，一望便知。这花与树的比喻，实在是太形象贴切了。而母亲的美好品德及伟大人格则由此尽显。

有个传说故事，讲一个不孝的儿子将母亲杀害了，还把她的心挖了出来，后来儿子在仓皇逃跑时摔跤了，母亲的心关切地问："儿啊，疼吗？"看到这里，相信所有人都会泪奔。这个人就是母亲，即使你要了她的命，她依然无怨无悔地爱着你。

千百年来，以母爱为题材的各类文学作品层出不穷，俯拾皆是。因其动人，所以永恒。

当灾祸降临到儿女头上，母亲就是那个愿意以命相搏换取儿女平安健康的人。唐山大地震及汶川大地震中，都有母亲在钢筋水泥重压下以血肉之躯护住爱子的钢铁般的身影，定格着不朽的人间大爱。生活中，常见母亲为了救患重病的孩子而倾尽所有乃至捐出自己的器官也在所不惜，如武汉那位割肝救子的"暴走母亲"陈玉蓉；为挽救烫伤儿子毅然割皮救子的重庆母亲唐淑金，以及无数在爱子身陷绝境时挺身而出的母亲，她们舍身为子的壮举让人感叹不已。大灾大难面前，母亲是孩子最大的保护神，舍去一切只为你，这是母亲对子女爱的誓言与承诺，悲壮而动人。

比起在绝境中为孩子开辟一条生路的伟大母亲，更多母亲则是在平常、平淡的日子中将爱意和暖意默默传递，以润物无声的执着照亮孩子的心灵。孟郊的《游子吟》是一曲母爱的深沉赞歌，流传千年，经久不衰；现代歌曲《母亲》则更为通俗形象，将日常琐碎生活融于其中，又有境界的升华，更容易引起大家强烈的共鸣。帮你拿入学的新书包、帮你撑遮雨的花折伞、你在外地她牵挂、你生病时她掉泪、你开心时她乐开了花……这样的母亲抬眼皆是，她们托举起家庭的希望、祖国的明天，也托举起美好的未来。这不正是家国情怀的生动写照吗？

一位女中医术医生在给我做理疗时，含泪向我讲述了她40多岁的弟弟今年5月初在河南老家因心梗骤然离世的不幸遭遇。弟弟是家中独子，为人正直豪爽，他孝爱亲朋、事业如日中天，没想到正当人生壮年、身体一向健康的他在没有任何征兆的情况下倒在了工作岗位上，令全家人悲痛欲绝，亲人个个哭得肝肠寸断。弟弟下葬的当晚,他们80多岁的老母亲梦见儿子在坟中拼命拍打棺木,哭喊着请母亲救他出来。老母亲惊出一身冷汗,她当即披衣起床叫醒家人,说儿子活过来了,让他们赶紧去墓地救他回家。家人都知道这是不可能的,墓地里只有弟弟的骨灰盒,但依然遵照老人的意愿出了门,大家眼含热泪,在外晃悠了半天才回家,告诉老人她的儿子并没有醒来,从而让她断了这份念想儿。白发人送黑发人,老人无法接受儿子离世的现实,醒着和梦里都无限牵挂,祈愿儿子能死而复生,椎心之痛可想而知。这就是母爱,不可言喻,却又让人感动莫名。

  我的企业家朋友翟胜利先生,已年过五旬,他告诉我说每次从珠海回老家,90多岁高龄的老母亲都会高兴得眉开眼笑,忙不迭地下厨做饭,满桌尽是他最爱吃的佳肴。晚上母亲还会亲自为他铺床,细心地备好两条盖被,让他热了盖薄被,冷了盖厚被,冬天一定还会在被褥下放一个热水袋,暖心体贴,仿佛自己还是个小孩似的。而每次返程,老母亲都会在他的行李中塞满各种吃食,千叮咛万嘱咐让他照顾好自己及妻儿。是呀,这样的场景十分常见,天下母亲皆同此心。不管富贵贫贱,不管年少年老,在母亲眼里,你永远都是她最牵挂的孩子。

  多少人在外漂泊打拼,功成名就后吃遍五湖四海的山珍海味,却难忘故乡的饭菜香,只因那是"妈妈的味道"。有母亲的地方就是快乐老家,千里万里也阻挡不了游子归乡的脚步。

多少人思念故乡，更多的是因为思念母亲及亲人。

母子连心。这一生，不管走多远，不管富贵贫贱，在原地一直痴痴守望我们的，是我们的母亲，她以不变的执着无怨无悔地爱着自己的儿女。身居高位时为你忧，她担心你经受不住诱惑；身处逆境时为你愁，她害怕你从此一蹶不振。回到家中时，她总会高兴得合不拢嘴，在厨房忙得汗流浃背，脸上却写满了幸福。这血浓于水的亲情，坚如磐石，无法撼动。

人生而孤独，却因爱圆满。那个给了我们生命也教会了我们爱的人，就是母亲。正如歌曲《母亲》结尾所唱的："不管你多富有，不论你官多大，到什么时候也不能忘咱的妈。"我相信它代表了天下儿女对母亲的一片孝心，这也叫"爱出者爱返"吧！

所有的努力都不会白费

第 24 届冬奥会于 2022 年 2 月初在首都北京举行,恰逢中国壬寅虎年春节,可谓双喜临门。平素不太关心体育赛事的我这次也成了铁杆粉丝,惊险刺激又极具观赏性的冰雪比赛一次次吸引着我关注的眼光。中国运动健儿的飒爽英姿和顽强拼搏为国家荣誉而战的豪情一次次深深打动了我。一场场精彩的比赛如特效电影般在眼前不断上演,看得人热血沸腾、热泪盈眶。领奖台上升起的国旗、奏响的国歌,让人内心不由得升腾起一股庄严恭谨之情。

赛场上高手云集,是实力的比拼,更是心态的较量。观赛者的心情也随着赛事的瞬息万变而跌宕起伏,与运动员同喜同悲、同哭同笑。

冬奥会不少比赛项目是极限运动,如雪橇、短道速滑、自由式滑雪、坡面滑雪障碍赛等。运动员在冰雪上叱咤风云,尽情挥洒汗水,这是力与美的较量,更是速度与激情的精彩演绎,看得人心惊肉跳又如痴如醉。运动员挑战极限、挑战自我的顽强拼搏精神让人动容。17岁的苏翊鸣一鸣惊人、一飞冲天，令万众瞩目，将一金一银揽入怀中。这位00后小将在冰场上真正是霸气十足、虎虎生威，自信阳光，就是传说中的那种"别人家的孩子"。鲜花、掌声、赞誉潮水般涌向他，青春的模样是如此美好！在不断的自我超越中，他的人生也开了挂似的，前程一片锦绣。

赛场上年轻的运动健儿个个锋芒毕露、势不可挡，让人欣喜；后生可畏、未来可期，令国人振奋。但给我留下最深印象的却是为中国夺得第五枚金牌的老将徐梦桃，因为她苦苦追寻了二十年的奥运冠军梦终于实现。我观看了冬奥会自由式滑雪女子空中技巧比赛全程，各国强手如林，都带着为国争光的梦想，为争金夺银使出了浑身解数。也因为这样，一些运动员的心理也在悄然发生着变化，频频有选手在比赛中失误，连环效应持续发酵。31岁的老将徐梦桃在另一位中国选手最后一跳失利的情况下，顶着巨大的压力跳出了全场最高分，连她本人也难以置信，以至于在完成比赛后她满场奔跑、以手指天、大声呐喊，毫不掩饰地宣泄着多年来的压抑情绪，可见这枚金牌在她心中的分量。

这场景实在是太真实了，徐梦桃的比赛过程估计看哭了不少人，因为她的夺金之路充满了坎坷。作为冬奥会的四朝元老，实力超强的她却几次冲金失败，这一次终圆冬奥冠军梦，怎不让人喜极而泣！为了这精彩的一跳，徐梦桃其实已奋战了多年。出身贫寒的她4岁开始练体操；12岁时转项到空中技巧；15 岁时收获了自己的第一枚全国冠军赛冠军；24 岁时赢得索契冬奥会自由式滑雪项目比赛银牌；28 岁时在韩国平昌冬奥会出现失误，差点退役。二十八年的运动员生涯，她早已伤痕累累，两次重伤、四次手术，其中最严重的一次是左膝半月板切除手术。很长一段时间，她不是在训练场，就是在医院康复中。这位有着钢铁般意志的鞍山姑娘尽管满身伤痛，却将所有的苦痛都默默忍受，从未间断过高强度的训练。她的成功也让大家坚信：所有的坚持最后一定会开花结果。她夺冠后的忘情欢呼和毫无顾忌的掩面哭泣，让人们看到了她幸福的模样。

咬定青山不放松。追逐梦想尽管百转千回，却偏要拼它个无怨无悔，这个徐梦桃的确不一般！风雨彩虹，铿锵玫瑰。面对记者的采访镜头，她依然难掩内心的激动，大声说出了一番很朴实很励志的话语："努力不会白费，苦心人天不负！一切都是最好的安排。"

哪里有什么传奇！这成功背后是无数次跳跃和无尽的汗水与泪水铸就，个中艰辛只有亲历者自己清楚。因为热爱，所以执着。徐梦桃说："希望在这个项目中有自己的里程碑。"这一次，她做到了，她用行动向人们传递出了坚守与热爱的强大力量。

超越梦想，更是超越自我。本届冬奥会，突破与超越贯穿了比赛始终，运动健儿用行动对奥运精神进行了最生动的诠释，这是比金牌更珍贵的东西。

赛场就像人生，充满了各种可能与不确定性，同样是机遇与挑战并存，只是这机遇有时建立在其他选手失利或自己正常或超常发挥上。有时看似山重水复，突然间又柳暗花明；有时成功仿佛就在眼前，转瞬却被意外打破。所以有人说看比赛要有强大的心脏，否则承受不了这样的大起大落，我深以为然。细想一下，人生又何尝不是如此呢？

长在猿山

从青年企业家、好友谢超良先生十年前到云南创业时，我就与他约定：一定会到元谋看看。2023 年 5 月中旬，我终于下定决心，从珠海千里迢迢来到了彩云之南，走进了他的千亩果园。

虽是初夏时节，却热浪袭人。由于元谋地处高原，明晃晃的阳光灼得肌肤生疼，超强的紫外线将人们的肌肤晒成了黑红色，却让这里产出的水果格外香甜。通往果园的道路两侧，放眼尽是怒放的凤凰花，热情似火，娇艳欲滴。室外温度在 35 度左右，体感异常闷热。谢超良说，由于天气炎热，大棚里的温度白天有时高达 40 多度，很容易中暑，所以不少工人会选择在夜晚打着手电筒在地里忙活。我不禁感慨：我们享受着甜美的生活，是因为有人在背后默默付出哇！

在果园的 1 号基地，望着满园的硕果、忙碌的果农、不停穿梭的车辆，眼前一派丰收的喜人景象，我真切感受到：谢超良改行做农业成功了！

这位从经济特区走出的70后企业家，放弃了自己坚守多年、在珠海已小有名气的制造企业，一头扎进了云南元谋这片红土地，一干就是十多年。如今，谢超良承包的千余亩果园已是云南省级龙头企业及楚雄彝族自治州州级农业龙头企业，种植的阳光香印葡萄（对标日本大地禹水）、精品红提（对标美国阳光世界），这些名贵水果畅销全国九大中心城市，他也成了当地远近闻名的水果专家。更令人欣喜的是，他成功带领200多名元谋村民增收致富，让他们过上了富足安稳的生活。由于谢超良在乡村产业振兴方面的突出贡献和在行业的影响力，他于2022年当选元谋县第十届政协委员，他也从一位普通群众成长为优秀基层党员及党支部书记。

这份甜蜜的事业，是谢超良先生用"付出所有也愿意"的执着无悔换来的。他那被太阳晒得黝黑的肌肤、那双手上满布的厚厚老茧、那双臂上被果树划破的大小伤痕，见证了他一路走来的艰辛与不易。最初几年因缺乏种植经验和专业技术导致的减产；因没有打开销售市场导致的鲜果滞销；果园因遭遇极寒天气导致的惨重损失……所有创业者经历的酸甜苦辣，他都品尝过。但谢超良从未想过要放弃，更没有为当初的选择后悔过，而是咬牙坚持，勇敢面对。他先后去了日本、美国考察现代农业，学习他们种植葡萄的先进技术和管理经验。他还走进课堂认真钻研专业知识，请来专家到果园现场指导，硬是将自己从门外汉打造成了行家里手，最终踏平坎坷成大道，迎来了硕果满枝的丰收季。

2022年7月,《人民日报》以《企业促"四变"农民获"四金",云南元谋创新利益联结机制促农增收》,专门报道了谢超良的企业——元谋县碧丰果业农业科技有限公司让昔日荒坡荒山披绿衣、成果园、变银山,成为农民增收的"绿色银行"的典型事迹和成功经验。

谢超良感慨道:"干一行必须学一行专一行。做农业,思想要解放,要全力以赴,拼尽全力。农业产出周期长,不能急于求成,如果急功近利,土地也不会答应。绽放之前需要长时间的蛰伏,狠练内功。耐不住寂寞的人与农业是无缘的。"我深以为然。

2023年的5月16日,是果园正式开园的日子,一早鞭炮声声,唤醒了沉睡的果园,前来采购水果的冷链卡车如约而至,排成了长龙,不少都是老客户,也有一些慕名而来的新客户。望着人气满满的果园,谢超良开心地笑了。他说:这是对自己及团队多年辛勤付出的最好回报。

谢超良带着我在果园转悠,从一座山头到另一座山头,一千多亩的果园,我只是看了冰山一角。在阳光玫瑰和精品红提园里,一串串晶莹剔透、颗粒饱满的葡萄挤挤挨挨挂满了枝头,丰收的美景就在眼前,这是土地对辛勤劳作的人最慷慨的馈赠。

元谋长年无霜、干旱少雨的独特气候,特别适宜种植水果,加上不断对土壤进行改良,土地就源源不断地奉献出精美的果实。增产必增收,这得益于元谋水果行业成熟的产业链,从农资、货运、包装、采购、冷库、冷链车等相关产业都配套相当完备，人员队伍也有充分保障，果企只管种好水果，根本不用为产品销路操心发愁，这就是分工精细化的好处。最让他感动的是，这个行业的人都是资源共享、优势互补，抱团发展，从不互相挤对。正所谓：一花开放不是春，万紫千红春来到。

云南人的勤劳质朴和善良本分，让谢超良十分敬重，就像他本人的名字一样，朴实无华，却散发着人格的芬芳。初夏的夜晚，元谋城区的休闲广场上一片欢乐，劳作了一天的人们手拉手围成圈，伴着音乐节拍欢快地跳着左步舞。不管舞技娴熟与否，不管彼此认不认识，大家都不在意，拉起手就是亲密朋友，那份默契瞬间让人与人之间没有了距离感。在这样的地方工作和生活，让人内心有一种踏实和安逸感。如今，谢超良的妻子和科班出身的儿子、儿媳都放弃了在沿海城市优越的工作，追随他来到了元谋，打算将根深扎于这片热土地，将这份事业进行到底，全家人对农业的一片痴心痴情由此可见一斑。我更坚信是谢超良的坚定执着打动了他们。

现在的谢超良，从肤色上看俨然是地地道道的云南人，他对这片土地的爱已深入骨髓。乡村产业振兴，建设农业强国，需要这样的企业家，需要有这种情怀的人。

在中国的祖先元谋人钻燧取火的地方，新时代的企业家谢超良们正奋力书写着自己的人生传奇。谢超良觉得自己的成功缘于心中始终有不灭的灯塔。是的，那是一种"千淘万漉虽辛苦，吹尽狂沙始到金"的百折不挠和坚定信念，还有对农村农业的一片痴情。他说要以世界的眼光看农业，他对中国建成农业大国充满了信心。当然，最令他欣慰的是事业后继有人，在农业基地，像他儿子、儿媳这样科班出身的员工有很多位，他们在市场拓展、品牌运营等方面发挥了重要作用，还有高校教授和当地农业专家，他们经常走进田间地头进行指导，手把手传授种植技术。天时、地利、人和，让谢超良的农业企业逐年升级，一步步从村道到乡道、从省道到国道，现在走上了高速公路，迈上了发展的快车道，同时也带动了更多当地村民走上了康庄大道。

谢超良说，没事的时候，他喜欢静静地坐在葡萄园里，看那一串串套上纸袋的葡萄，就像美丽的姑娘罩上了面纱，十分神秘，等"出嫁"时揭开面纱，带给人的是无限惊喜。只有亲手侍弄果园的人才会有如此深情的想象！

"长在猿山"是谢超良注册的产品商标，细思颇有深意。不生于斯，却长于斯。云南元谋，是谢超良深深扎根、顽强拔节的乐土……

生命之光

与太阳神（珠海）电子有限公司董事长杨永祥先生相识，始于十八年前，我作为当年的公益年度人物评委，先是从提交的材料中熟悉和了解了这位爱国台商典型而感人的事迹，等到去企业实地走访调研时，才与他有了近距离的接触，他慈祥的面容、谦逊低调的品格和谦谦君子的风度给我留下了极为深刻的印象。"上善若水"在杨先生身上得到了很好的诠释。记得他最终荣登年度公益人物榜。

2005年，他又荣获了珠海市经济年度人物奖，巧的是，我依然是评委。他敏锐的市场意识、独到的管理方法和不断创新的举措，让企业始终稳立潮头、一枝独秀，评委都禁不住啧啧称赞他是"经营之神"。而且在同一年，他还被授予"珠海市荣誉市民"光荣称号。所有这些荣誉，对杨永祥先生来说可谓实至名归。

桃李不言，下自成蹊。经商也好，为善也罢，他都是标杆！我心中对杨先生充满了崇敬之情。因此，我在2006年创办珠海市关爱协会时，特邀他担任协会顾问，他非常愉快地答应了，这令我十分感动，我知道他是在用行动鼓励年轻人投身慈善事业，传递爱与温暖。

从此，在协会开展的各类关爱行动中，如贫困助学、新春送温暖、大病救助、慈善义拍等，都有他老人家不倦的身影。我常常深受触动，因为在关爱队伍中，他的年龄是最大的，可他总是俯身与受助者亲切交流、嘘寒问暖，送上祝福与鼓励的话语。他捐建的"阳光太极园"和"松青水长"景点，如今已成为晨练者遮风避雨的最佳去处……

赠人玫瑰，手有余香。只要见过杨永祥先生的人，都会对他印象深刻，不管什么时候相见，他都是西装革履、温文尔雅的儒雅形象。但最吸引人的是杨先生身上那股爱拼才会赢的"台商精神"。1936年出生的杨永祥，年轻时在日本早稻田大学读完工学硕士，又读了一年半的博士之后，主动放弃学业，回到台湾，于1968年创立第一家电子公司"太阳神"。20年后的1988年，在全球经济持续低迷的环境下，"太阳神"在台湾的发展遭遇了一系列瓶颈，如人才、市场、资金、技术等。面对瞬息万变的现实，企业要想生存，只有以变应变。为此，杨永祥先生主动出击，寻求新的发展空间，他在考察了东南亚及大陆多个地方后，最终选择在广东珠海落户，成立太阳神（珠海）电子有限公司，开启了新一轮的发展征程。转眼三十多年过去了，"太阳神"因持续科技创新、科学管理和诚信经营，取得了骄人的业绩，成为业界的"常青树"。

台湾是杨永祥先生的故乡,而珠海则是他的福地。他深爱台湾,也深爱大陆。多年来,他两地奔走,促进了海峡两岸多次民间互访、联谊交流和相关论坛的举办;被两岸武术界尊为"武林盟主"的他还积极组织台湾的太极拳爱好者到大陆进行友谊比赛,希望以此促进两岸关系更加融洽。在担任珠海台商协会会长和荣誉会长期间,他带领广大在珠台商捐资助学、扶危济困,共襄善举,为珠海的慈善事业发展起到了很好的促进和引领作用。2008年的汶川地震灾情惨重,患难同胞血浓于水,时任珠海台商协会会长的杨永祥迅速向会员发出捐款倡议并带头捐款,短短几天时间就为灾区募集到800多万元救助金。此次抗震救灾活动中,旗下只有200多家台资企业的珠海台商协会在全国100多家台协中,以个人平均捐助额最高而居于榜首。

"以前台湾人都说要把根留在台湾,现在我要说把根留在珠海。"朴实的话语,折射出杨先生一片赤子之心。不管世事如何变幻,他始终坚定地看好中国大陆市场,将新增的企业"太阳光"公司也落在了珠海斗门,还将他的女儿、女婿从美国召回到了珠海,一家人深深扎根在特区这片土地上。

什么是大爱?什么是大善?什么是初心?杨先生用行动给了我们最佳答案。

几年前,我受杨先生邀约,参加他为外孙女举办的摄影作品展暨慈善义拍活动。他的外孙女当时正在一所国际高中念书,平时喜欢摄影,为了帮助学校一位患重病的同学筹集善款特意策划了本次活动。当天来的人很多,多是杨先生的亲朋,义拍很成功,大家都非常开心。也就是那次活动,我认识了杨先生一家三代人,他们都很阳光、和善,快乐、幸福写在每个人的脸上。这就是人们常说的"施比受快乐"吧!积善之家有余庆,此话不假。

2021年8月初,我专程去太阳神公司看望因疫情滞留在美国一年多,刚刚辗转回国的杨永祥先生。没想到已85岁高龄的老人家依然精神矍铄、神采奕奕,他向我讲述了这一年多隔离在美国的经历,说结识了一位住在同一栋楼、慕名拜他为师的德国小伙子,他免费教会了这个忘年交打太极拳,自己也得到了很好的锻炼。我笑着说:这就是人们常说的帮助别人其实是在成就自己。他还兴致勃勃地向我讲起企业下一步的发展规划:希望建立自己的工业园区,进一步提升公司智能化水平,引进更多专业研发人才,进一步扩大产品销路,实行更人性化的管理……

以科技和实业报国是杨先生毕生之追求,他向我详细描绘着下一步的宏伟发展蓝图,心中有梦、眼里有光,让人动容。这真是"老骥伏枥,志在千里"呀!

而杨永祥先生,早已把自己活成了一束光,照亮世界,温暖他人……

心灵捕手

跟于东辉先生打交道已经十多年了，我们之间的交往是因为工作的缘故。关爱协会持续了 16 年之久的"塑造阳光心态"系列讲座活动，他是最受欢迎的演讲嘉宾，也是走进同主题课堂次数最多的老师。他的课程是常讲常新，总给人带来意外惊喜和不一样的收获。课堂上除了精彩的演讲，他常会采用专业的手法，为困惑焦虑的人打开心结，带领他们走出迷茫。讲座中总有人泪流满面，那是因为找到了困扰自己多年的问题根源后的激动与欣喜。带着怀疑与忧郁而来，揣着感激与欢喜而归。这是于东辉老师的过人之处，这位心灵导师，在用一种特别的方式解人于倒悬。

掌声一次次响起，而讲台上的他却始终镇定自若，仿佛一位指挥若定的将军，他撑一叶心灵之舟，一一将人们渡向快乐、幸福的彼岸。

点击百度，输入"中国知名心理专家于东辉"字样，会出现不少关于他的介绍：知名作家，《南方都市报》《心灵世界》等多家媒体心理专栏作家。他 19 岁开始出版书籍，包括《放下》《健康从心开始》《一只乌龟的生活智慧》《人心管理》等书，涵盖心理学、家庭教育、企业管理、小说、国学智慧等，多达五十余部，部分心理专著还在海外发行。他曾做客中央电视台《心理访谈》栏目和广东电台《心灵夜话》栏目等，一次次为迷茫的人们打开心扉、点燃希望，引导他们踏上坦途。

作家与心理专家完美结合的身份，让于东辉的人生变得与众不同。尽管少年成名，著作等身，但他却谦逊内敛，处事低调，如傲雪的寒梅，"俏也不争春，只把春来报"，而当人们因他的指导而走出情绪低谷时，他便是那个在"丛中笑"的人。"为社会多做点力所能及的事"是于东辉朴素的愿望。2008 年汶川地震发生后，他第一时间带领一群参与救援的心理义工奔赴灾区，为失去家园和亲人的同胞抚慰心灵、抚平创伤。并组建了"心海榕"心理专业团队，开始了公益心理援助及心理专业成长的温暖旅程。

度人度心，善莫大焉。做心理咨询，更多时候是与不幸和苦难打交道，这些年，他帮助的人不计其数，迷茫、无助、绝望的求助者，最后都能从他这里找到解决问题的金钥匙，从困惑、恐惧或绝望中走出，重拾自信与欢乐。而他，却再一次投入新的奔忙中。

公益课堂上每次的提问环节最让人难忘。两个多小时的讲座已慢慢打开了听众紧闭的心扉，他们到最后才鼓足勇气站出来当众倾诉。关于亲情友情、关于爱情婚姻、关于亲子教育、关于工作压力、关于人际交往等，他都一一应答，听者无不为他的智慧妙招颔首鼓掌。

生活中很多人都犯过类似的错误，总把自己认为好的东西送给对方，而对方可能并不需要，自然也不会领情。只有敞开心扉坦诚沟通，才能找到双方的共情点。

"我的小孩今年12岁，可是他在家中沉迷于网游，实在让人着急且生气，请问有什么办法可以制止？"一位父亲向老师埋怨少不更事的儿子。

"不打游戏，请问孩子在家中还有什么可玩的？"于东辉不慌不忙地问。

"可以看电视呀！"孩子的父亲回答。

"请问看电视与打游戏有什么太大的区别吗？"于老师反问，"想一想你自己十多岁的时候在干什么呢？是不是在爬树、捉迷藏？爱玩是孩子的天性，你有没有想过带孩子一起玩哪？你有没有陪他去打球，或者是爬山、逛动物园？"

"没有。"问者涨红了脸回答。

"恕我直言，并非他不是好孩子，而是你并不是一个称职的好父亲。孩子沉迷于网游，并不都是孩子的错，而是我们自己并不知道怎么样做好父母，带领孩子健康快乐地成长。"于老师一针见血指出问题的症结，引导咨询者自我觉醒。

现场响起了热烈的掌声，我相信大家都感同身受吧！他们在这一问一答中找到了问题的答案。

"我的孩子已经工作了,我们做父母的总想给孩子最好的,愿意为他分担一切,但感觉孩子好像并不快乐。不知有什么好办法?"一位母亲忧心忡忡地说道。

"这是困扰太多父母的问题,尤其是独生子女家庭。我只想说一句:你了解你的孩子吗?你知道他内心真实的想法吗?在一些重大问题的选择上,你们有尊重孩子的决定吗?"于老师不紧不慢地追问。

问者哑然,全场陷入沉默。因为这不是个案,而是带有共性的问题。理解与尊重,看似简单,可现实中又有多少父母真正做到了呢?

拨开云雾见天日,于东辉用他的智慧和专业知识,引导大家看清自己、看清真相,并学会自我救赎与成长。

现代社会,快节奏和高压力让各行各业的人都深陷紧张、焦虑甚至抑郁情绪中,面对求学、择业、婚恋、疾病、危机应对等问题,人们期待做出理想的选择。一个个咨询者带着问题走进他的诊室,在这里寻找心的出口,求得自身能力的最大限度发挥和寻求更高质量的生活。他总是静静地倾听、耐心地询问,并一一对症下药,一次又一次指引求助者,带领他们找到生命的亮光。他帮助一个个家庭改善夫妻、婆媳和亲子关系;帮助有社交恐惧症的人克服沟通障碍,积极融入社会;帮助遭遇突发灾难性事件的群体走出至暗阴影……他不厌其烦地为有需要的人们修补情感裂痕和心理创伤,他伸出有力的双手将徘徊在死亡边缘的人拉回,为他们送去缕缕和煦的春风,让明媚的阳光重新照耀他们的生活。

我问于先生:"做咨询这么多年,给您留下最深印象的是哪一次?"他不假思索地回答:"帮助唤醒一个植物人女孩儿。这个远在美国因车祸成了植物人的女孩儿,她的男朋友在我的指导下,通过越洋电话一次次呼唤昏迷中的女孩儿,为她唱歌、给她讲故事,深情回忆他俩相处的美好时光,没想到半年后女孩儿竟奇迹般苏醒,最后回到了中国,与男孩儿幸福团聚了。"他感慨爱的伟大力量,说人间真情才是疗愈创伤的良方。而于东辉,正是站在这对情侣身后,为他们赋能的高人。

这位已过知天命之年的心灵捕手,穿梭在茫茫人海中,脚步匆匆,内心却始终淡定而从容。

他为人们解答关于应对烦恼、挫折的种种办法,让他们彻底得到释放与解脱;引导他们正确处理各种关系,正确看待问题;帮助他们挖掘潜能,让他们的身心得以健康成长,从而拥有更美好的人生。

他不遗余力地与咨询者沟通,无条件地尊重他们,鼓励与欣赏的眼光,一次次触动他们的心灵。他用正念正能量引导人们走出迷津,踏上坦途。

一生只做一件事。于东辉在自己擅长的领域乐此不疲,越走越远……

幸运的哥

2020 年 8 月,我出差去广州,一下高铁,恰遇暴雨,我在站内随手招了一辆的士去酒店,大雨加上正值下班高峰期,路上车辆十分拥堵。司机大约是怕我烦闷,主动与我搭讪起来,我们都戴着口罩,我并没有看清他的模样,只是在他侧身及回头时,我发现他有一双炯炯有神的大眼睛。他的热情感染了我,一声声"靓姐"叫得很亲切,我不禁和他攀谈了起来,问起他的身世和生活状况。小伙子来自广东农村,自幼家境贫寒,初中未毕业便辍学了,18 岁那年他参军入伍,当过班长,转业后他来到广州谋生,因为没有文凭及专长,他选择了当一名出租车司机,成为繁华都市最普通的一员。讲到这里,他颇有些自豪地说:"我已创造了行车 12 年无一违章的记录。"我竖起大拇指为他点赞。

"其实我最幸运的是在广州遇到了生命的另一半。"他掩饰不住内心的欣喜对我说。

我十分好奇,接上他的话说:"那就把你的恋爱婚姻讲来听听吧!"

这时候,我发现他眼神里多了一丝柔情,从他的叙述中,我了解到他是通过广州电台的一档交友栏目认识现在的太太的,从线上聊天到线下开展活动,女孩儿对他是一见钟情。女孩儿祖祖辈辈是地地道道的广州人,她是家中的独生女,大学本科毕业后在一家外资企业做主管,父母早年"下南洋"做生意,赚了不少钱,家境十分殷实,除在广州有几套豪宅外,在香港还有一套别墅。

我感到不可思议,对于不少在广州苦苦奋斗多年却买不起一套普通住房的人来说,小伙子可谓是一步登天了。我不解地问他:"你们俩家境及文化程度相差这么大,女孩的父母同意吗?"

"刚开始不同意,但见过几次面他们就不再说什么了。"的哥有几分自豪地说,"主要是他们的宝贝女儿认准了我。"

"我好奇女孩看上了你什么?"我不客气地回敬他。

"我当过兵,体格好,能吃苦耐劳,踏实肯干,最主要的是会体贴人。"他笑着说。

"她应该是看上了你口才好、长相好,还有情商高哟!"我说,"你们结婚后也一直很好吗?"

"是的。虽然有时有点小摩擦,但不影响感情。我从来都是主动让步,好男不与女斗哇!我们结婚已快十年了,小孩也在上小学了,平时出车不管多忙,我都坚持接送孩子上下学,尽量让她少操心。"

"懂得在太太面前妥协与让步的男人都很智慧呀！"我忍不住夸奖他，"你会不会觉得自己很幸运？"

"是的！我本来想只要能找一个贤惠的女孩过平平淡淡的日子便很知足，做梦也没想到竟然如此幸运地'一夜暴富'，遇到了各方面都比我强很多的好女孩。"他的话语中饱含着欣喜与感恩。

"在家中，你是不是一味迁就、委曲求全？"

"不存在，我们在人格上是平等的，比如家中任何重大的事情，我们都是商量着办。只有彼此尊重，婚姻才会幸福与持久！"

"我觉得很奇怪，你太太家这么有钱，你还要这么辛辛苦苦开出租车，风里来雨里去的，图什么呢？"

"我没有觉得辛苦。人生在世，要靠自己的双手去创造生活，别人家的钱再多，跟我有什么关系呢？而且我当初与她恋爱时，并不知道她家的境况，只是后来确定了恋爱关系，她带我回家见父母时我才知道实情的。况且我太太也一直在企业担任销售经理，经常出差或是加班加点，她比我更辛苦哇！"

"你太太真是好眼力！她看中了你不贪财、肯上进、人品好哩！"我打趣他。

身外之物，再多与我何干？好心态成就好人生，这是一对自强不息的年轻夫妻，不禁让我肃然起敬。

自强自立、热爱生活、崇尚自由，相同的价值观是两个灵魂走到一起的根本原因，而与身外的物质没有必然关联。

勤劳本分的小伙子本来只想要一朵小花，却得到了整个春天，这看似是意外惊喜，实则是冥冥之中的命中注定。本来可以优哉游哉过很光鲜的日子，但两个年轻人却选择靠自己的努力活出不一样的精彩，这对那些成天叫嚷着要"躺平"的人是不是有很大的启发意义呢？

"你的故事可真励志呀！"等到达酒店门口，我感慨地对他说。

现实生活中，我们往往羡慕他人的幸运，感叹命运对自己不公，实际上，只是人家付出的努力你没看见而已。如果哪一天，你也被幸运砸中，请坦然接受，因为那是你努力的回报。越努力，越幸运！

萍水相逢，却收获了这样励志的故事，我也算是幸运哪！

意 外

他的生活因一次常规体检被彻底打乱。

那天一大早,他独自驾车去了当地最好的三甲医院,那一天跟以往任何一天似乎没有区别。但在做完最后一项核磁共振检查后,他被医生留下了。四位主任医师把他请进了诊室,神情严肃地告诉他,拍片结果显示他可能患上了肺癌,且已到中晚期,最好的办法是建议他马上手术,建议他尽快回家与家人商量。他瞬间崩溃了,几乎不敢相信自己的耳朵。

那天从医院出来,是怎样开车回家的,他完全想不起来了,他只觉得整个人浑身发软,如同飘起来一般,毫无知觉。医生的话犹如重磅炸弹,不停地在耳边回响,让他心乱如麻。

他只是奇怪自己的身体并没有任何不适感,为什么却突然被查出患了恶疾?难道癌症患者在被确诊前都是这样毫无征兆吗?再说自己平时不抽烟喝酒也少,而且热爱健身,一向生活习惯良好,怎么会患上这种看起来与自己毫不相干的病？

一路上，他泪水横流。想一想自己不过50出头，打拼多年的事业正如日中天，还没有来得及享受生活，竟一下子到了生命的尽头，上天对他真是太不公平了！

他心里犹豫着要不要告诉与自己一起同甘共苦的妻子，要不要告诉两个已成人的孩子，父母那边他已想好，不到万不得已是绝对不能相告的，他怕两位80岁高龄的老人受不了这种打击先他而去。

一路上他思绪万千，这城市的风景、这宽阔的马路、行人爽朗的笑声，仿佛都将离他远去，他遗憾自己过去竟忙得顾不上多看一眼。

踉踉跄跄走进家门，望着神色仓皇的丈夫，妻子很惊讶。禁不住爱妻的盘问，他如实告诉了医生对他病情的诊断。妻子惊愕不已，她感觉天塌了一般，两人抱头痛哭。

是祸躲不过，他俩擦干眼泪，决定坦然面对。他没有选择马上住院手术，而是给远在北京、上海的好友及同学打电话，决定到更权威的大医院进行复查。他安排好公司的工作，在妻子的陪同下踏上了复诊之路。

那段时间，他莫名地感到浑身不舒服，晚上常常失眠，他相信医生的诊断应该是对的，复查只是心理安慰而已。他瞒着妻儿悄悄写好了遗书，对公司下一步的发展也进行了具体规划，他将在上市公司工作的女儿和在国企工作的儿子召回到自己的企业担任高管，让他们提前做好接班的准备，他甚至偷偷让朋友帮他在老家看好了一块墓地，希望自己将来魂归故里。

创业这么多年，他觉得最亏欠自己的亲人，父母远在老家，他难尽孝心；儿女的成长也缺少了他的陪伴；妻子与他共同打拼事业多年，两人甚至没有外出旅游一次……他想利用自己在世不多的时间尽量弥补。

这样东奔西走、四处求医复诊，一晃就是一个月，外地医生没有马上下结论，但说要再等三个月之后复查，如果肺部的小结节没有长大，可以排除是癌症的诊断。

那等待再复查的三个月，对他来说真是度日如年。那些天，他推掉了一切应酬，也不见任何朋友，而是每天早早起床为家人做早餐，然后第一个赶到公司，安排好当天的工作，让自己始终处于忙碌状态，以免去想该死的病情。每周一次的全员培训，他比之前更用心，他希望团队快速成长，万一将来没有了他，公司依然能正常运转。晚上回到家，再累他也会与妻子一同下厨，做一顿丰盛的晚餐，他痛恨自己之前总爱在外面与所谓的生意伙伴胡吃海喝，却忽略了陪伴家人。他特别珍惜这样与亲人们相处的美好时光，想一想他走后家中的光景，就忍不住悄悄落泪。深夜难以入眠，他会与妻子坐在床上聊天，诉说生活的酸甜苦辣，有时会相拥着默默流泪。那些天说的话，超过了他和妻子结婚30年来说话的总和，那些天流的泪，也超过了他50多年来流泪的总和。

他真正地把每一天当作了生命的最后一天，活得十分忙碌而充实。那些天，他深刻反思了自己的人生，觉得成就一番事业的理想虽然实现了，但与其他企业家一样，他一直处在疲于奔命的忙碌状态，付出的代价太高、失去的太多，比如健康、享受慢生活等，他后悔自己没有将事业与生活进行很好的平衡，如今真是悔之晚矣！

他在紧张与奔忙中迎来了三个月后的复查。他怀着忐忑的心情再度远赴北京和上海那几家权威医院，不知是他心态的改变带来的奇迹，还是几个月中他的泪水将所有不幸涤荡殆尽，抑或是因为他的完全放下让一切都烟消云散，检查结果是他肺部的小结节和阴影全部消失了。医生说：之前可能只是炎症，放心吧，你的身体很健康。

不管之前是误诊还是确诊，都已不重要了。拿着最新的诊断结果，他和妻子相拥而泣——那是重生的狂喜。他感到漫天都是鲜花在飞舞，阳光像慈母的双手般轻抚着他、温暖着他。

健康活着的感觉真好！走在大街上，他真想放声高歌、快乐地起舞！他相信这是上天跟他开了个天大的玩笑，同时也是对他的提醒：再苦再难再多的挫折，都只是经历而已，只要活着，就是幸福的！他庆幸自己还有时间去完成一些未了的心愿，余生，他将以感恩的心善待生命中的每一个人，认真过好每一天，活出别样的精彩。

他对我说，请把我的经历写下来，告诉所有人，这个意外教会了我更加珍爱生命、热爱生活。

经历了这次意外,他对生命、对亲情、对事业、对社会都有了全新的认知:名利不过是身外物,当健康不在时,其他皆是浮云。人生最温暖的港湾,是爱和亲情。还有作为人的社会价值,有能力多给予时就不遗余力。如此,不管何时离开这个世界,都可以自豪地说:此生无憾!

这应该算是他不幸遭遇的意外收获吧!

愿所有不幸皆成风

2021年已接近尾声，坏消息却接二连三从故乡传来，让人猝不及防。

首先是妹妹、妹夫回乡创业，头几年干得风生水起，他们开餐厅、办养殖场，虽然辛苦，但收入却很可观。后来他们被人忽悠投资种植业，导致积攒多年的血汗钱全部打了水漂。他们欲哭无泪，只能自认倒霉。好几十万元的资金，在农村，这可是一笔不小的财富哇！我听了是又气又急，气的是他们投资前从未向我提起过，至少我可以向行业专家咨询为他们当好参谋，让他们少走弯路；急的是接下来的日子他们该如何过，会不会从此一蹶不振？好在他们夫妇都有手艺且能吃苦耐劳，经过一个多月的痛苦煎熬，他们终于从人生的谷底走出，重新调整好心情与心态离开伤心地双双外出务工了，我对他们的坚强与勇敢心生敬意。但每每想起他们生存的艰辛，我的心内便涌起一股酸涩，他们曾怀揣梦想返乡打拼，如今年近半百却要背井离乡，留下孤苦无依的老母亲独守家中。我不断鼓励他们：

人在，江山便在。在哪里摔倒，就在哪里爬起吧！其实我很清楚，这种被恶人坑的伤痛只有在重新崛起后才会渐渐淡忘，但想要快速积累财富谈何容易！临近春节，他们一家人却四散各地，想一想就觉得凄凉。唯愿天道酬勤，护佑他们行稳致远，早日过上幸福安宁的生活。

妹妹家的事情刚刚告一段落，就在冬至节的前几天，我突然接到母亲的电话，她说继父刚过50岁的独子因脑干出血不幸英年早逝，我闻讯犹如晴天霹雳。电话那头，母亲和继父都泣不成声，白发人送黑发人肝肠寸断般的锥心之痛通过电波清晰地传来，几乎让人窒息，而没能见上儿子最后一面成了老人终生的遗憾。在这种天塌地陷般的巨大灾难面前，任何安慰的语言都显得苍白无力，恐怕只有时间才能慢慢抚平这种失去亲人的无尽哀伤。我也只能隔着手机屏默默流泪，好半天都回不过神来。

挂了电话，心情异常沉痛的我在小区漫无目的地走着，个体的渺小与无助感异常强烈地袭上心头，我不禁暗暗感慨生命的脆弱和人生的无常。记得今年秋天回去，他还生龙活虎的，对我姐姐长姐姐短地叫着，没想到转眼竟阴阳两隔。难以想象一位年近八旬的父亲与儿子最后一次见面见到的竟是儿子的骨灰盒时是怎样的痛不欲生！人真是如风，来去无影踪啊！

此后的好几天，我都闷闷不乐、郁郁寡欢、食不甘味、寝不安眠，为自己的无能为力而黯然神伤。突降的灾难犹如一座大山，足以将人压垮。

有一天周末，我正在家门前的小池塘边独坐，静观池中的小鱼儿欢游，突然有人轻拍了一下我的后背，我扭头一看，是多日不见的邻居木大姐，她形容憔悴，一副没精打采的样子。我问她："咋好久不见你下楼散步了？为啥瘦了这么多？是在减肥吗？"她说："我回老家了一段时间。唉，今年家门不幸啊，半年之内痛失两位至亲。"她眼圈突然红了，忍不住啜泣了起来。在她断断续续的诉说中，我听明白了，原来是她49岁的弟弟和54岁的妹妹先后都因为心肌梗死抢救无效而离世，只是可怜了她86岁高龄的老母亲，到现在还不知道一双儿女已先她而去。大家不想让老人悲伤，想着能瞒多久就瞒多久吧，直到她完全糊涂不再念叨为止。这真是善意的谎言哪！她感慨道：人这一生真是没啥意思呀！我弟弟身为一局之长，一生追求上进、工作兢兢业业、处处与人为善、家庭幸福美满，却倒在了工作岗位上；妹妹是十里八乡有名的老好人，对人有求必应，退休后忙着带孙子和操持家务，最后累死在灶台边。他们都奉献了一生却没有享一天清福，想一想就让人心痛。我收起自己的隐痛安慰她说："人生苦短，我们都要对自己好一点。你也不必太难过，生者唯有自强乐观，才是对逝者最好的告慰。"她的情绪逐渐恢复到常态，我的内心却顿生一丝感伤：不知道哪一天，我们也许会如他们一样在没有任何先兆、没来得及与至爱亲朋道别、没给家人留下片言只语的情况下便骤然离开这个世界。

死亡是每个人的必然归宿，或迟或早，我们都将轻叩死亡之门，只有达观面对，才能活出无怨无悔的人生。我们为此要做的，就是活好每一天，把每一天当作人生的最后一天，如此，不管何时离开，也会无憾。

这时再想想妹妹、妹夫投资被骗的事，觉得那真不是什么事。继父儿子的突然离世，也让妹妹、妹夫放下了心头的万般纠结，他们主动打电话对我说：只要活着，就有希望，我们就当是花钱买教训好了。看到自信和阳光重新在他们身上焕发，我心中的一块石头算是彻底落了地。

这世界，除了生死，其他都不是大事。唯有多珍重！

坦然走向更年期

54岁之前，当身边的女性朋友同我谈起更年期的种种不适与反应时，我对这个词只是停留在抽象的概念上，并没有真正往心里去，觉得它离自己仿佛还十分遥远。

一位在大学任教的朋友说更年期最让她难忘的一件事是：有一次她正在讲台上为学生板书，突然身体一阵潮热，让她大汗淋漓，她的白衬衣瞬间被汗水浸透，如薄纱般贴在前胸与后背，让体态丰满的她十分难堪，觉得实在是太丢人了。从此以后她给学生上课时只敢穿深色而宽大的衣服，以避免出现尴尬局面；一位媒体记者说，她不到50岁就提前进入了更年期，她说这是家族遗传，她母亲和姐姐也是在40多岁就进入了更年期。她焦虑烦躁、心神不宁，晚上必须整宿开着电视及台灯才能在半梦半醒中勉强睡上两三个小时，这种痛苦煎熬持续了五年之久才慢慢有所改善；还有一位公务员朋友，她说到了更年期，各种不明原因的疼痛、身体的各种不适简直如影随形，折磨得她痛不欲生，后来她坚持跳舞和练瑜伽，才逐渐得到了缓解。只有为数有限的几位女性朋友说她们在更年期并没有什么特别的感觉。总之，大多数更年期的女性是痛苦的，但大家还是咬牙挺过了最初难熬的几年，适应了新的生理环境，她们称这是身体机能全面开始退化后在寻找新的平衡。是呀，多么智慧的平衡！我不禁感叹：我们一生都在平衡中，平衡各种关系、平衡各种利弊、平衡成败得失，最后还要平衡自己的身体。

及至迈过54岁的门槛后，那些比我年长和年轻的女性朋友曾向我倾诉的所谓更年期的种种综合征，才让我有了切身体会。首先是一头乌黑的秀发开始有了白发，而且会时不时冒出来在头顶炫耀，发质也逐渐变得干燥，开始枯黄或分叉；原本光洁红润富有弹性的肌肤开始变得暗黄，渐失了往日的光泽，色斑、黄褐斑甚至老年斑悄悄在脸颊及双手上出现，眼角皱纹已是清晰可见，再好的眼霜也遮盖不住岁月的风霜，胶原蛋白的流失速度实在是快得惊人；一向明亮的双眼视力开始变得模糊，老视迅速加剧，不戴老花镜已无法正常读书看报了；潮热盗汗也是不请自来，让人心烦意乱；最要命的是身体的各个部位都深感不适，肩颈、腰膝、肘关节……每个部位都会持续疼痛一段时间，而且是那种来势凶猛型的，让人招架不住，尤其是夜深人静时，人已十分困乏，却因为疼痛缠身而辗转难眠；精力也大不如前，常有倦怠感；激情似乎在远离，好奇心与记忆力仿佛也在减退，人在自顾不暇时哪有心思去关注外界……其实这些都是身体直接发出的生命走向衰老的信号，虽然无奈，却也只能默默接受，就像我们面对满树凋零的繁花，虽然怜惜，却也只能一声叹息。像其他姐妹一样，我开始寻医问药，企图一夜间赶走这只隐形的"更年虎"，然而，吃药、推拿、针灸、按摩等方法试遍，都收效甚微，最后医生建议用锻炼和食疗的方法让自己重拾健康与快乐。既然没有灵丹妙药，那就自己去摸索一套适合自己的养生法宝。

面对日益下降的免疫力和弱不禁风朽木般的身体，我只能在心中感叹：年轻时的拼命劳作，要用中老年时的拼命呵护才能确保自己的健康状况不出大问题呀！"出来混，总是要还的"，这句话用在健康方面我看也挺合适的。于是，我强迫自己放慢脚步，用慢节奏开启慢生活，学会自我调适，不急不躁，尽量做到劳逸结合，让身心愉悦，以尽快赶走这恼人的"更年虎"。

过去常说长命百岁才是人最大的福分，进入知天命之年后，每年总会送走几位正值壮年的朋友，或因意外或是罹患重疾或是选择自我了断，每一次的别离，都会让我心情黯然好长一段时间。心想：活着实在不容易，长寿真是一种奢望啊！

于我，是早已不想什么富贵长命之事了的，能健康平安地活着已是幸事，在活着的有限时间里，能为社会做点有益的事情，能给后辈子孙留下一点值得念想与传承的精神财富，便是莫大的功德了。这样想着的时候，我便多了几分信心与力量。去他的更年期，不过是身体由强壮变衰弱的过程罢了，生老病死既然是自然规律，是谁也无法改变的事实，那就勇敢地迎接与面对吧！暴风雨来得再猛烈，迟早也会偃旗息鼓，最终归于风平浪静。

  我们要做的就是保有一颗年轻的心，时刻用阳光心态去拥抱生活，去面对一切来自外界或自身的变化，"变"既然是常态，那我们就坦然接受，这是战胜"变"的不二法宝。"更"的是年龄，不变的是心态，还有我们对生活永远的热爱。人的一生，要平衡的东西很多，然而，唯有永恒的爱是不需要刻意平衡的，那是自然的流露与真诚的表达。爱自己、爱他人、爱社会，付出的爱越多，收获的爱与快乐就会越多，离自己追求的富足与完美境界便会越接近……

生活是自己的，与别人无关

对于高调秀恩爱和晒幸福这样的事情，我向来持保留态度，不是出于嫉妒或偏狭，而是觉得这纯属个人隐私，没有必要拿出来炫耀或当众展示，生活嘛，冷暖自知，与他人其实没有什么太大关系。

因为是同乡的缘故，虽不相识，但这几年我一直关注持续爆红的脑瘫诗人余秀华的诗作、抖音和生活动态。从《月光落在左手上》到《摇摇晃晃的人间》《穿越大半个中国去睡你》等，她的诗作渗透着被生活碾压的疼痛，极具张力，直抵人心。她上央视参加访谈、去名校进行演讲、个人专著畅销，影响之大有目共睹。她高调离婚、高调恋爱及披上婚纱，面对质疑她怒怼黑粉，这些她在抖音上都逐一呈现过，曾被压抑的情感在尽情释放。家乡的政府部门还给她开设了专门工作室，她的诗作频频获奖，个人行踪广受关注，可谓风光无限，几乎成了励志典范，而她在文学领域取得的成就更令不少热爱写作却寂寂无闻的健全人汗颜。

但 2022 年 7 月初闹得沸沸扬扬的家暴事件,却将余秀华和男友杨槠策同时推向了舆论的风口浪尖,许多人都被裹挟其中,忙得不亦乐乎,对弱者天然同情的人力挺余秀华而声讨杨槠策,之前就不看好两人关系的人开始冷嘲热讽,更多的是指指点点、说三道四的吃瓜群众,世界永远不缺看热闹的围观者。面对这排山倒海的舆论风潮,不知道当事人能否顶得住。

只是那个小余秀华十多岁、来自湖北神农架的养蜂男人杨槠策算是彻底火了。从他义无反顾地来到余秀华身边,到飞蛾扑火般投入这场轰轰烈烈的爱情,很多人自始至终质疑他动机不纯。从甜蜜牵手到分道扬镳,不过短短一年多时间,那些天长地久的誓言仿佛还在耳边回响,转瞬却以啪啪的耳光回应收场,真是让人无言以对。杨槠策从不被人理解到逐渐被接纳,从受到众人称赞又到遭受万人唾骂,这是借了别人的名毁了自己的名啊!

这不是某个人的错,而是两个人共同犯的错。真正的爱是深埋于心而付于行的,而不是当众作秀或表演式地活着,太喧嚣就会不真实,过于高调就会陷入低俗。生活经不起直播,再美好的感情也敌不住一日三餐的柴米油盐和烟熏火燎。不少人光鲜的外表下却裹着虚伪与不堪,层层撕开,将其袒露于光天化日之下,只会落得个体无完肤的下场。

将自己的生活置于众目睽睽之下,没有半点隐私,除了以此赚取点流量、博人眼球看热闹外,便将最大的风险留给了自己。

两个成年人这出剧目这么快就到了尾声，实在是两败俱伤，一地鸡毛。这样的不堪结局真是让人大跌眼镜，不胜唏嘘。但细想却又似乎在情理之中，不同的精神纬度、不同的人生境遇、生理上的适应程度、世俗的道道鸿沟，这对于他们俩来说，实在是太难了。这位没念多少书的农村小伙并非贤达之人，底线也有限，新鲜的狂欢过去后很快露出了真实面目。

相爱容易相守难。曾经的浪漫与幸福如过眼云烟，更似一场春梦了无痕，留下的却是经历过撕扯后的遍体鳞伤，还有无数的是是非非任人评说。

人性都向往快乐，希望远离痛苦。起初人们为他俩的爱所感动，因为它超越了世俗偏见，纯粹而美好，小伙子的义无反顾让人动容，余秀华的眉眼中都是笑意。她被抱着、背着、牵着，被人捧在了手心的画面，一次次打动了大众的心。幸福的模样不过如此吧！大家以为余秀华遇到了"真命天子"，都在心里为这个富有才华却不幸的女诗人默默祝福；后来他们走进了婚姻，更是高调示爱，他们养花种草、把酒临风、相携相拥，说着绵绵情话，俨然一对神仙眷侣，不知道羡杀了多少人，也因此圈粉无数。余秀华更是让不少女人相信：只要敢于追求，幸福就一定会主动来敲门。

如果这样的故事一直持续，那该多好！然而，好景不长，从彼此相识到双向奔赴、从牵手婚姻到一拍两散，前后不过数百天时间，他们却恶语相向，掌掴相加，最终活成了别人眼中的笑话。当初有多高调，现在便有多悲凉。

剧情反转太快，以致很多人都没有回过神来。这真应了李清照所说的："元宵佳节，融和天气，次第岂无风雨。"只是这风雨来得猛烈了一点，让人猝不及防，招架不住。

他们的遭遇让我更坚信了一点：快乐不是外求，而是悦纳自我和理解他人。内求于心，才会活得踏实安稳。

幸福的婚姻是相似的，不幸的婚姻各有各的不幸。不爱了就放手，这是明智的选择。在这一点上，他们俩倒是十分干脆果断。挥一挥手，作别过去，也告别伤痛，看似什么也没带走，但心伤怕是终生难愈，个中酸涩只有当事人自己清楚。

前行的路上，希望他们各自安好，也能彼此祝福。毕竟，他们曾轰轰烈烈地爱过。

作为别人生命中的过客，我们没有资格对人家的生活指指点点、说长道短，但我们也要从中吸取教训，悟出一些道理，毕竟，当局者迷，旁观者清。

日子，不是活给别人看的

也许是自小在乡下长大的缘故，我特别喜欢庄稼人从不遮掩、喜怒哀乐形于色的个性，喜欢他们脚踏实地、纯朴善良的本性和勤劳节俭、乐观正直的品格。他们经年累月在田野里辛勤耕耘，顺应着四季的变化，与日月呼应、与天地同行，忠诚地履行着为农者的职责，或内敛或开朗的性格一览无余，或幸福或痛苦的表情人前尽显，就像地里的庄稼般从头到脚看得分明，坦荡得似家乡那一望无际的大平原。

村里似乎是藏不住事的，哪家有年轻人结婚或老人做寿，大家都会凑份子一起热闹热闹，以表达同喜同贺之情，生活也因此显得没那么单调了；哪家的娃考上了大学或是要出国深造了，村民也会随喜庆贺。大多数人没什么文化，却坚信知识能改变命运，对有能耐走出小村的年轻人，他们格外敬重。平日里张家长李家短的都是大家茶余饭后的谈资，比如婆媳斗嘴了、夫妻吵架了、兄弟妯娌间闹别扭了等，消息像长了翅膀似的，很快便会在村里传扬开来。大家都坦然面对这日常的鸡零狗碎,不藏着也不掖着,且由它去吧,反正大家说说也只是消遣,并没有恶意。与晚辈吵架了的老妇坐在屋檐下毫无顾忌地号啕大哭,左邻右舍闻声都会前去劝慰,陪着一起落泪或数落那个惹她生气的"冤家",直到哭者渐渐消停、晚辈向老人道歉并和好后大家才慢慢散去。回去的路上想想自己曾经受到的委屈,便会摇头叹息一声:家家有本难念的经啊!

欢乐同分享,痛苦共分担。他们简单地快乐着,平淡的日子常常飞溅出朵朵欢乐的浪花。我就在这民风淳朴的小乡村长大,对它的热爱浸透在骨子里和生命中。

待踏入社会后,我才发现外面的世界看似精彩,却蕴藏很多无奈,如雾中花水中月,让人看不真切。

我的第一份工作是在矿区担任团委书记,当时我和另外几个年轻人都住在一字排开的单身宿舍,夏天的夜晚,我们会搬一个小凳到门口集体纳凉,大家虽然不会像农村人那样拉家常,但讲讲时事新闻及矿区新出台的政策,偶尔也搞搞拉歌比赛什么的,单调的生活便多了份快意。

与我们一样住在单身宿舍的还有一对年轻夫妻,30出头的样子,两人都是中层干部,男女颜值都很高,因为家离矿区较远的缘故,单位也给他们分了间宿舍。平日里,看他们手牵手出门进门,虽没有卿卿我我,但总是形影不离,在外人看来,俨然一对恩爱夫妻的典范,很让人羡慕。这对于当时还是单身的我们,颇有触动,大家都在心中默默憧憬着将来能像他们那样找到心仪的另一半。

直到有一天，住在这对夫妻隔壁的打字员兰花给我讲了一个惊天秘密，之前对他们所有美好的印象瞬间便土崩瓦解了。

原来这对夫妻经常在夜深人静时吵架爆粗口，有时还会大打出手，彼此的谩骂声、双方撕扯时弄得桌凳茶几倒地的声音、身体撞墙的声音在深夜显得异常恐怖。他们的争吵声兰花听得真真切切，有时是因为家中的老人孩子，有时是因为丈夫疑神疑鬼，有时是工作不顺而发泄。男人很少打女人的脸，因为脸挂彩了别人容易发现，而身体的其他部位，别人却难以觉察。让人不可思议的是，不管昨晚的"暴风雨"多么猛烈，第二天出门时他们依然会手拉手一副很甜蜜的样子。

我觉得真是好笑，对他们的"作秀"行为十分鄙夷。生活明明是自己的，本该冷暖自知，为什么却要装出一副假象来糊弄别人？温情的纱布被撕开，露出的是狰狞的面目。虚伪到如此地步，不是自欺欺人又是什么？

后来我偷偷观察，发现女的有时脸会微微有些红肿，有时眼睛会布满血丝，生活的煎熬一览无余地写在她眼神中，当然，还有更深的伤痛隐在她内心深处，只有她自己清楚。施虐、受虐，却还要想方设法强颜欢笑掩盖真相，与坦然面对生活的农人相比，他们活得是何其虚伪与痛苦！

我在矿区待了两年多便被调到市里从事新闻媒体工作，于是有了与社会广泛接触的机会。在将近十年的记者生涯中，我参与过"改革潮""农民增收一百例"系列典型人物的宣传报道，与叱咤风云的企业家和农村致富能手面对面地深度交流，让我深切感受到了他们成功背后的艰辛。一个好汉三个帮，如果不是家人和广大员工、村民在身后默默支持，一个个改革的弄潮儿和种植养殖大户是无论如何也无法取得如此辉煌的成就的。家人对他们的做法曾有过不解、疑惑甚至埋怨，但最终都选择了理解。讲起这些，接受采访的他们总是涕泪交织，情不能抑。这是真实的生活，大家谁也没有掩饰这一点，尽管他们很清楚，文章一出来会有很多人围观，但谁也没有刻意回避那些曾经不堪的过往。

我被他们的真诚所打动。人心，人性，恰恰是无助脆弱的一面最能打动人心。酸甜苦辣交织，这就是生活本来的样子。

日子是自己的，不是活给别人看的。但生命不仅属于自己，它还属于爱我们的亲朋及需要我们的社会。热也好冷也好，只要活着就好。生活有风雨，这是常态，人人都在咬牙坚持，我们只有勇敢而坦然地面对，才会踏平坎坷成大道，活出属于自己的精彩。

悼友人

2021年，正是烂漫的烟花三月，春光正好，万物生长，木欣欣以向荣，花草的芳香在空气中交织、缠绵，木棉花、紫荆花开得正艳，公园里随处可见蜂飞蝶舞，兴高采烈踏青赏景人的嬉闹声把春天搅得沸沸扬扬。放眼望去，调皮玩耍着的孩童、花枝招展的姑娘、懒洋洋晒着太阳的老人，处处是美好与惬意生活的场景。

然而，如此美妙的春天却挡不住死神的狰狞。就在植树节当天，我那位爱拍花草美食，爱写美文，每天都会发微信、抖音、小视频和今日头条，成天乐呵呵、笑哈哈的老朋友却因心梗骤然离世，噩耗传来，犹如晴天霹雳，让人惊愕痛心。真是花草树木有根，人却如浮尘漂萍啊！我禁不住悲泪长流，为他的英年早逝……

他是我20年前初来特区就开始打交道的几位朋友之一，去世前两天他还在向我憧憬自己两年后的退休生活，没想到转瞬竟撒手人寰。明明说好了过几天再见的，却再也见不了了，而且永远无法再见了，人生的无常和生命的无法把握真是让人唏嘘不已。

总觉得这件事情发生在他身上实在让人无法相信与接受，他一向是那么阳光开朗、那么热爱生活，而且看上去是那么乐观健康，却在毫无征兆的情况下突然离世，他没来得及跟身边的亲朋道别，甚至连只言片语也不曾留下，就被死神无情地带离了尘世，实在是匆匆太匆匆啊！

得知消息后，与他20年来交往的片段如电影般在我脑海一一闪现回放：随团外出学习考察，合作开展多场次培训，相聚纵论社会热点、焦点问题，共同迎新祈福，彼此搬新家互致祝福，为着他家庭出现的小摩擦我主动充当和事佬……虽是淡淡的交往，却一直在生活中、生命里陪伴着。

"荏苒冬春谢，寒暑忽流易。之子归穷泉，重壤永幽隔"。追悼会上，你的妻儿深情缅怀你生前的种种好处，亲朋和同事都静静伫立，默送你最后一程。哀乐声声，犹如杜鹃泣血，让人痛断肝肠。你躺在鲜花丛中，神态一如生前安详。花圈摆满了灵堂，每个人都肃立默哀，不少人红了眼眶，也有人泣不成声。致悼词的是你生前工作了30年的单位领导，他沉痛地向大家回顾了你的一生，对你的工作和人品给予了高度评价，这是盖棺论定，相信你一定也听见了吧！

挥别尘世，从此是非功过任人评说。

走出被悲伤笼罩的殡仪馆，外面仍是暖阳朗照，白色及淡粉色的紫荆花在春风中摇曳，这光热与花香，让我顿感生活的美好。可是我那爱拍摄花草树木和一切美好事物且文采飞扬的朋友，却再也不会在这春光里流连，不会在花丛中奔忙，他那爽朗的笑声也只有在天上才可闻。想到这里，我不禁怅然而叹：人生无常啊！

只是生命虽逝，感情的联系会永在。辩证地想：有生必有死，有死也必有生。面对无法改变的事实，我们只能无奈地接受，并学会坦然面对，这也是对逝者的尊重与告慰。唯有活着的当下才是真实的，生命的过程才是最重要的，这样想着的时候，我逐渐释然。因为我这个朋友真正是活好了生活的每一天，他曾经热烈地爱过，也曾经认真地活过，兢兢业业地工作过，他把每一天都过得诗情画意，被大家公认为极品暖男和解忧"开心果"，有他在的地方笑声总是特别多，快乐因子总在空气中弥漫。他走得很突然，但走得没有痛苦，清风一样为自己的人生画上了句号，真是无怨无悔，只留生者徒伤悲。

"人生到处知何似，应似飞鸿踏雪泥。泥上偶然留指爪，鸿飞那复计东西……"我想：既然我们无法预知生命的终点，我们就不必把太多的心愿寄托在明天，而是要把握好每一个真实的当下，把每一天当作生命的最后一天，活出属于自己的精彩人生。如此，不管何时别离人间，都不会留下太多遗憾。

愿天上也是花香弥漫，愿朋友在那里不孤单不寂寞，愿他未了的心愿在天上也能实现……

唯有别离多

民国第一才子李叔同一首经典的《送别》词,可谓道尽了离别的万千滋味,"天之涯,地之角,知交半零落……人生难得是欢聚,唯有别离多",人们沉浸其中,或诵或唱,感慨唏嘘,情不能抑。

聚散本是人生常态,却因匆匆又匆匆的别离,终让人"此恨无穷"。

送亲人、送朋友、送情人,一首首的送别诗文,为我们留下了一幅幅凄美的画面。

孟郊的《游子吟》,将慈母送儿远行的场景描写得十分细腻而感人。"慈母手中线,游子身上衣。临行密密缝,意恐迟迟归。谁言寸草心,报得三春晖。"送者与行者两两对应,虽无一语,却情真意切,伟大的母爱在针针线线中缓缓流淌,游子的感恩之心尤为真切,所以千百年来让无数读者产生了强烈共鸣。

送别,有欣喜也有感伤。而孩子,则是在父母不断目送的眼光中成长成熟的,他们从家庭走向学校、踏入社会。曾经的欢声笑语转眼成云烟,只留下记忆在屋子里如春草般潜滋暗长。

天下父母,皆同此心。

生性狂放不羁的大诗人李白在黄鹤楼送孟浩然远赴广陵时,尽管是在烟花三月的大好时节,却难掩目送友人"孤帆远影碧空尽"后的惆怅与落寞;而同样因为送别,李白笔下的汪伦成了家喻户晓的人物,并随着《赠汪伦》这首诗代代相传,真可谓"一送成千古";王维在渭城送元二至安西时,满眼是"客舍青青柳色新"的好景致,但饯行的酒宴上,"西出阳关无故人"的叮嘱中却流露出万般不舍与牵挂;王昌龄在芙蓉楼送辛渐时,"洛阳亲友如相问,一片冰心在玉壶"的殷殷嘱托,表明了对故乡亲友的一片赤子之心;王勃在送杜少府去蜀州赴任时,发出了"海内存知己,天涯若比邻"的感慨;高适在别董大时,让他坚信"莫愁前路无知己,天下谁人不识君",豪迈的感情饱含着力量。

"离愁渐远渐无穷,迢迢不断如春水"。朋友之谊,可浓如酒,亦可淡如茶,唯有真情最无价。

北宋大词人柳永的一首《雨霖铃》,"执手相看泪眼,竟无语凝噎",不知道曾惹得多少有情人泪湿沾襟。是呀,"多情自古伤离别,更那堪冷落清秋节"!李商隐的"相见时难别亦难,东风无力百花残",犹如声声叹惋,道尽了离别的痛苦和相思的无穷。

古人的送别颇有仪式感，在长亭外、在古道上、在杨柳岸……或折柳相赠，或踏歌相送，或饮酒饯行……依依惜别，深情款款。今人送别，推杯换盏后，于人潮汹涌的车站、码头、机场，一个拥抱，一个飞吻，一个笑脸，挥一挥手，便潇洒地各自远走，却也是不忍再回头。不管是慢节奏还是快节奏，不管感情是细腻还是奔放，不管古今送别的方式有多大差别，其惜别之情和祝福之意却是一脉相承的。

不管怎样，远行有人相送是幸福的。中国留学生之父容闳曾在自己的传记《西学东渐记》中写道："当登舟时回顾岸旁，不见有一人挥巾空际，送予远行者。及舟既起碇，岸上亦无高呼欢送之声，此境此情，甚萧条也。"漫漫征途，为国家命运劳顿奔波的容闳多么渴望亲情的抚慰和友情的温暖，然而，他却是孤独的远行者，多么凄凉！

这一生，父母一次次送我远行，而我又一次次送儿子远行。在不断的迎来送往中，我慢慢地明白了：聚和散皆是暂时的，心与心始终相通才是永恒。

这一生，我们送别亲友，也在不断与过去的自己告别。在不断地送别中，我们最终会遇见更好的他人与更好的自己。

被意外改写的人生

我常常想，如果不是那次意外交通事故，表弟的生活一定不是眼下惨不忍睹的现状。当然，这些他已无法感知了，因为脑子被撞坏，他完全失去了生活自理能力，日常起居要靠他70多岁的老母亲照料，本是家中的顶梁柱，现在却成了家人的负担。妻子整天愁眉苦脸，儿子每日闷闷不乐，只有他母亲也就是我姑妈，还像儿时那样与他形影不离，怕他走丢、怕他摔倒、怕他饿着冻着，像保姆似的悉心看护着他。表弟原本非常能干，写得一手好字，还是很棒的中学英语老师。为让家人过上更好的日子，他辞职到城里创办了一家教育培训机构。仅仅几年时间，他便积累了一些财富，并在城郊买了一块地盖上了气派的三层小洋楼，哪知好日子刚刚开始，转瞬一切却成了空。姑妈本该跟着儿子安享晚年的，如今却必须强撑着身子照护儿子，心中的苦楚可想而知。有一年回老家，我专程去县城看望表弟，他已经认不出我来了，我同他打招呼，他一直咧嘴笑着，表情很夸张，据说这也是车祸留下的后遗症——面部神经损伤,看着让人既心疼又难受。姑妈喃喃地向我念叨:"要是我哪一天突然走了,他该咋办哪!"说完,止不住老泪纵横。表弟在一旁傻傻地站着,呆呆地望着他的母亲,无法感知痛苦也无法分享欢乐,这样的场景让人心里真不是滋味。看着满头白发、身子有些佝偻、心力交瘁的姑妈,我只在心里感叹:可怜天下父母心哪!

表弟和姑妈的生活,被这场意外彻底改写。一个没有了明天,一个深陷痛苦。

人们常说:明天和意外,不知哪一个先来到。道出的正是世事的难料和人生的无常。

冬兰姐在我老家是远近闻名的贤妻良母,她勤俭持家、孝敬公婆、善待他人,还是种田能手,家中日子是一年比一年红火,欢声笑语常从她家的四合院中飘出,让左邻右舍好生羡慕。冬兰姐心中最大的期盼就是她的学霸儿子大学毕业后能在城里找一份好工作,为她娶个好儿媳,说不定晚年还能到城里享点清福。美好的生活仿佛就在不远处向她招手,每每想到这些,再苦再累,冬兰姐都觉得值了。

然而,就在冬兰姐满怀希望憧憬着未来时,还在上海念大四的儿子突然被查出患上了白血病。仿佛晴天霹雳,一家人顿时如坠深渊,痛得无法呼吸。冬兰姐带着儿子辗转北京、武汉等地的多家大医院治疗,两年多下来,尽管倾尽了所有,最终也没能挽救儿子的性命。冬兰姐在儿子的坟头哭得肝肠寸断、痛不欲生,亲朋和村民无不为之落泪。

逝去的再也回不来了，人虽然无法改变命运，但也要与命运抗争到底！想明白了这些，冬兰姐最终擦干眼泪，坚强地站了起来。

与冬兰姐相比，我觉得姑妈要幸运多了，尽管儿子变得又痴又傻，但他却还在自己身边，每天朝夕相伴。照料儿子虽然辛苦，但心中多少还有一份牵挂和念想，她期盼将来医术发达了，能让儿子完全康复哩！因而，坚强地活着是姑妈的信念。可冬兰姐却再也没有机会为儿子做任何事了，这是为母者天大的遗憾哪！

人生陷入谷底，处处都是转机。也许是上天垂怜，一段时间后，冬兰姐竟意外地绝处逢生。原来，冬兰姐在痛失爱儿后，儿子的孪生兄弟，那个一出生便被人抱养的孩子闻讯后主动回来认亲生父母了，并表示愿为二老养老送终。意外失去又意外得到，冬兰姐极度受伤的心得以慢慢平抚。人们都说这是她积了大福大德的原因。至此，这个被家族隐藏了多年的秘密才被村人知晓，大家都在心底默默为她祈祷与祝福。

就算付出所有，也无怨无悔，她们是千千万万个母亲的缩影。这两位母亲虽平凡却伟大，她们面对苦难的勇敢与坚忍，她们对亲人的不离不弃，让人动容。

只要不放弃，就可能会迎来"柳暗花明"。爱出者爱返，愿所有好人都能被生活温柔以待。

就让往事随风

人到中年,我们会对很多事情"不惑":不执着于前情过往,不纠结于成败得失,不大悲亦不大喜,仿佛不忧不惧的智者与勇者,在生活的打磨下变得随性而自在、踏实而安然,这就是我们常说的"世事洞明、人情练达"吧!

一段逝去多年的恋情,若在事过境迁后仍想回头苦苦寻觅伊人的身影,那恐怕只是一厢情愿的选择,是在与不理智的自己较劲。一切早已物是人非,曾经酸涩或美好的过往早已成为来路风景,无休止地去触碰,不仅于事无补,反而会破坏了当初的那份美好,让自己徒增烦恼,陷入失落并黯然神伤,让生活在原地打转。缘聚缘散,劳燕分飞,爱与往事其实皆已随风而逝,残存的只是自己的不甘而已,彻底放手才是明智之举,此所谓"相见不如怀念"。

一段不再纯粹的同学情谊,看淡并不是什么坏事。近些年,我们见到吐槽最多的就是同学聚会,不管是初中、高中还是大学同学,大家见面以后很少叙旧谈心,而是看着眼前似曾相识却又有几分陌生的人各自暗中较着劲攀比，觥筹交错、推杯换盏间，混得好的同学自信满满、把酒临风、喜气洋洋，混得差的同学则心生自卑、默默无语、冷眼旁观。席间充斥的是各种应酬式、交际场的语言，让人甚觉无趣、无聊。明明可以从此相忘于江湖，却因为"同学会"而强聚在一起，让自己身陷尴尬之境，心中不免五味杂陈。世易时移，人亦易矣，再难觅往日的那份纯真与亲密。一切都在变，物是人非的感觉是如此强烈。彼此离得这么近，心却相隔那么远。友谊地久天长说的是个体间的情感，而这种集体性的情谊却是很难持久的。同窗苦读，惺惺相惜，那特定时期的特殊感情如飞逝的时光，一去不复返。不如把对过往的怀念深埋心底，犹如尘封一坛老酒，等年老时独自开启品尝，反倒会余味悠长，那是生命的馈赠，每个人会品出不一样的味道。

曾有一位大学教授对我说："对于明明知道彼此的联系方式却多年不联系的老朋友，建议以后就不要再联系了，因为双方都在变，你们也许早已不是一个频道上的人了。"这是智慧之见。老教授应该是综合了自己和身边许多人的经历总结出来的经验之谈。当然，也有例外，那就是虽不联系，却始终把对方放在心中的人，那是心灵相通的朋友，只是这样的朋友少之又少，我们称之为"知己"。

一位企业家朋友向我讲述了他的一段经历，让我唏嘘不已。他说50岁那年，他突然心血来潮，想尽办法联系过去无话不谈、20多年不见的死党室友，结果发现人家身居高位，谨言慎行，对于他的造访只做表面敷衍。他如芒在背，极不自在，原有的叙旧想法早已烟消云散，他逃也似的离开了，然后屏蔽了他所有的联系方式。他说这样做的目的是为了彻底撇开与这位同学的关系，免得别人误以为自己是有事相求，反倒心生不安。我听了，觉得很寒心，并就此事咨询了一位心理专家，请教他如何看待这一现象。他笑着说："原因很简单，人家的工作与生活多年来与你没有任何交集，你们已不是彼此生命中的重要之人，再交往则属于我们常说的无用社交。"我恍然大悟。

如此功利的思想虽令人不齿，但现实生活中像这种担心别人会给自己带来麻烦想法的人应该不在少数。所以多年以来，我不会刻意去联系失散已久的同学或老友，也拒绝通过社交去混所谓的"圈子"，让自己变得强大才是我们对抗世俗与偏见、走向宁静与快乐的法宝。那些过去了的，只是我们成长的印记，且随它去吧。

曾经两小无猜、山盟海誓的恋人，曾经情同手足、肝胆相照的好友，可能就在彼此转身的那一刻已各自天涯。挥一挥手，不曾挽留，也不带走一片云彩。有时候，可能并不是无情，而是迫于生活的无奈。但不管是哪种情形，我们都要学会坦然面对并接受。所谓酸甜苦辣交织、悲欢离合杂糅，一任自然。人到中年，学会独处更能让我们远离尘世的喧嚣，遇见更好的自己。

与生活和解,并不是软弱,而是看淡俗世后的云淡风轻。红尘一杯酒,半梦半醒间。梦在过去,醒在当下。该留的,谁也无法赶走;该走的,谁也无法挽留。往事随风,一切随缘。一生得一知己,足矣!

孩子，我该如何爱你

每年中、高考结束，尤其是放榜录取工作开始后，不知多少个家庭在其中载沉载浮。

由于从事社会工作的缘故，这些年，有不少或熟悉或陌生的家长找到我，向我倾诉心中的万般苦恼，痛斥孩子的种种不是，我总是耐心倾听，再一一与他们探讨。

人们常说：不幸的家庭各有各的不幸。但这些所谓的问题孩子，有不少却是有共性的，比如叛逆孤僻、不爱与人交流、沉迷网络游戏、不爱学习，等等，也有的只是一次考试的偶然失利或因对个人热爱的绘画、音乐等过度痴迷而影响了主科成绩的。家长们喋喋不休，一副恨铁不成钢的样子，大约是"爱之深，责之切"的缘故吧！但通过我的细心观察和与孩子们的真诚交流，我发现有些父母完全是因为好面子、爱攀比、太要强而人为给自己的孩子设置了道道屏障，从而蒙蔽了自己的双眼、困扰了自己的内心，也束缚住了孩子们的手脚，在"内卷"的道路上越陷越深，难以自拔，终致亲子关系日趋恶劣，孩子在叛逆的道路上越走越远。也有部分家长是因为长期忙于事业或为生计奔波而忽略了孩子成长过程中的亲情陪伴与日常教育，彼此间的隔阂越来越深，他们责怪孩子无知冷漠，不懂得珍惜与感恩。认真想一下，这哪能全怪到孩子头上！这就好比种庄稼，没有辛勤的耕耘、播种、施肥、浇水和养护，哪来秋天的收获！

起跑线、中途、终点，求学的几个阶段本应均衡发力，且学习知识与兴趣发展、人格培养本应同步进行，但传统的功利教学思想与家长们"学而优则仕"的传统观念，让孩子们在大力倡导素质教育和"思想大解放，观念大转变"的今天，依然被中考尤其是高考这根绳索紧紧束缚着，不能动弹，这是学子们的悲哀，更是教育的悲哀。

特别是那些将全部希望寄托在孩子身上的家长，他们背负着沉重的经济压力让孩子进入各类收费高昂的补习班、特长班，不但自己因加班加点透支了身体健康，失去了生活中的种种乐趣，也用一只无形的手将孩子推向了痛苦的深渊。

我不是教育专家，但我也是一个孩子的母亲，从儿子成长的过程中，我认为自己的教育方法是正确的，比如家庭倡导宽松、民主的氛围，亲子间注重高效陪伴，日常生活中注重彼此尊重与分享，懂得适时赞美与欣赏，正确面对成败等等。2020年7月，不到23岁的他已在康奈尔大学完成硕士学业，并顺利进入了省城一家国企工作，成为一个自信、阳光、快乐的职场青年。

一些家长总喜欢把别人家的孩子挂在嘴边，而忽略了自己孩子的感受，要知道自己的孩子是独一无二的，盲目攀比是父母亲手毁掉孩子最有力的杀伤武器，等孩子伤痕累累，再想回头拯救，已是回天无力，只留遗憾和痛悔。

每每看到或听到这类故事，我的内心总是十分沉重。望子成龙、望女成凤是人之常情，但我们做父母的，是不是都懂得正确地教育与关爱孩子呢？拔苗助长、急功近利式的教育往往把孩子推向了相反的另一条路。以下几个真实的案例，希望能给读者诸君以启示。

有一个12岁的小男孩，其父母皆是公职人员，从小对他管教极为严苛，除了监督其学习，小男孩必要的娱乐、玩耍都被严格限制，结果他的性格变得越来越孤僻，后来一到临近考试他就失眠、全身发抖，连笔都握不住，医生诊断他患上了严重的抑郁症，最后只得无奈辍学，别说是将来成才，他恐怕连正常人的生活都无法拥有了。可以说是父母亲手扼杀了孩子的天性，也让家庭从此永失欢乐。

有一个13岁的小女孩，在国家放开二孩政策后，年过四旬的母亲用两年时间积极备孕，终于诞下一名男婴，一家人满心欢喜，大摆宴席。小女孩却悄悄离家出走了。当她的母亲一脸憔悴地出现在我面前时，我看到了她的锥心痛苦。通过她的述说我明白了小女孩变得叛逆的原因。其实就是在孕育二胎的过程中，他们将其交由保姆照顾，却忽略了小女孩的感受，缺少了陪伴和交流，从而导致她从思想上抵制这个小生命的到来。小女孩认为是弟弟夺走了父母对她全部的爱，全家人的视线如今都转移到了弟弟身上，让她从先前的"掌上明珠"变成了无人关爱的"多余人"，她敏感脆弱的心自然承受不了，"出走"其实是想用极端方式引起父母的关注。好在小女孩很快从同学家中回来了，她悬着的一颗心才算是落了地。临走时她说："我知道接下来自己该怎么做了。"这是个带有普遍性的案例，值得其他准备要二胎、三胎的父母借鉴。如果父母早些让孩子从感情和心理上做好接纳新生命的准备，就不会发生这样的事情了。

几年前，中考分数公布后，曾有一位在银行担任行长的母亲带着女儿来到我办公室，母亲一脸焦灼，女儿虽少言却难掩阳光。我分头与她们进行了交流，原来女儿从小学到初中一直是学霸，中考却遭遇"滑铁卢"，没能进入心仪的一中，而只能上二中，父母希望女儿复读，但女儿却不愿意，为此起了争执，有好几天互不理睬，冷战让三口之家如坠冰窖。我问孩子母亲："二中每年不是也有考上985、211名校的吗？她这么有潜力和定力，又有很强的自律能力，应该不会让你们失望的。"我还给孩子母亲讲了几个励志故事，她们终于和解并达成了共识：上二中。结果三年后，女孩以该校文科第一名的成绩考上了她向往已久的北京外国语大学。当接到这一喜讯时，我并不意外，人家本来就有实力呀！所以说，人生是一场马拉松，不能以一时成败论英雄，坚持到最后的才是最好的！

而另一个例子恰恰相反,一个在校一直成绩平平的女孩,却在中考时"咸鱼翻身",意外考进了重点高中,然而,高中三年,在高手云集的学校,她感到压力很大。尽管她拼尽了全力,却依然是全年级倒数,让她心灰意冷。好不容易挨到了高考,她才勉强被一所三流大学录取。大学毕业后,由于过度自卑,她竟不敢踏入社会找工作,急得父母直跺脚。原来在她成长过程中,父母对她一直是打击讽刺式的教育。这种不断否定的结果,让她成人后极不自信,甚至自我否定。如今这苦果只能由他们自己去品尝了。

父母口中的"你不如人",最后变成了孩子心中的"我不如人",这是负面暗示的结果,也是家庭教育的悲哀。我认为培养孩子的抗逆力和感恩心远比学习本身重要,因为拼到最后,除了实力,还要有积极阳光的心态。

古人云:父母之爱子,则为之计深远。今天的我们,往往只看重眼前,并没有耐心地"因材施教""因势利导",更没有从长远计议,用关爱和智慧为孩子开启一条条成长、成才、成功之路,比如发掘其自身潜能和天赋,尤其是孩子良好习惯和健康人格的培养是至关重要的,不能本末倒置。

现实中忽略孩子的兴趣、专长和爱好的家长不在少数。有这样两个孩子:一个酷爱音乐,一个向往成为一名作家,可他们的父母皆认为这是"不务正业",认为他们是在为逃避学业找借口,并为此砸烂了孩子心爱的乐器,撕毁了孩子苦心创作的小说底稿。这种蛮横粗暴的行为,让孩子的内心极为受伤,结果他俩后来都沉迷于网络游戏而无法自拔。对于未成年人，他们在现实中遭受的不公正待遇和内心的煎熬，只能借助虚拟世界去发泄，而根源依然出在家庭中，出在最爱他们的父母身上。就像心理专家反问的："不玩游戏，请问家中还有什么可玩的？你们强迫孩子学习，请问你们做父母的有坚持学习的好习惯吗？"家长们当场哑然。

　　与此印证的有另一个极端个案。十年前，一个正念高中的男孩出现了强烈的叛逆行为，每到周末放假回家，他都扬言要杀了父母双亲。吓得他父母要么外出躲避，要么在夜间用桌凳等紧紧顶住房门，生怕儿子真的做出傻事来。这样的恐怖日子让他们惶恐不安，极度焦虑。

　　当孩子的母亲向我哭诉这一切时，我看到了她的伤心和绝望。我一边安抚她一边问："万事皆有根源，在他小时候，你们是否对他有过暴力行为？"她停止了哭泣，略作思考后说："我是中央音乐学院毕业的，却没有专门从事与音乐相关的工作，而是在国企工作，这一直让我很遗憾。儿子很有音乐天赋，因此我便决定用心栽培他，希望他将来能在音乐方面有所建树，甚至成名成家。在他很小的时候，我就亲自教他练钢琴，他在13岁时就考过了钢琴十级，也在全国少儿钢琴大赛中获过奖。"她叹了一口气，接着说："实话讲，我是个完美主义者，在对儿子魔鬼式的训练过程中，我没少用暴力，他弹错一个音符、节拍或注意力不够集中时，我都会用很细的荆条抽打他，有时还会打出血痕来。其实，打在他身上，也疼在我心上。但我这样做都是为了他好哇!"

"我们有不少父母都是以爱的名义剥夺了孩子的快乐,甚至以爱的名义进行伤害。"我说,"想想孩子真可怜,那时候他太小,无法也无力进行反抗,但这种长期积压在内心的不满、愤怒和仇恨,终于会在某一天像火山一样喷发,直接射向最亲的人。他现在的做法就是典型的报复行为。"

"我真不知道接下来的日子该怎么过,自从他迷上了电脑游戏以后,天天嚷着要杀死我们两个'魔鬼'。老公也为此怨恨我太好强,不是一个好母亲。我感到自己这一生彻底失败了!"她用双手捶打着自己,一副痛苦不堪的样子。

"俗话说:解铃还须系铃人。'冰冻三尺,非一日之寒'。处理这件事不能操之过急,要有长期的准备。首先,你要真诚地向儿子认错道歉,并说明自己那时太年轻,不懂得正确的教育方法,给他造成了伤害,但出发点的确只是因为自己望子成龙,从而求得他的理解与原谅;其次,你们可以利用寒暑假带他去贫困地方或贫困家庭走走,让他看看贫苦人的生活状态,从而懂得珍惜他今天拥有的幸福生活,感恩父母的辛勤付出;也可以带他去军营看看战士们在烈日或暴雨下训练的场景,让他体会什么是真正的苦,什么是男子汉的责任与担当。当然,与他的班主任及派驻进学校的心理专家沟通,也有利于解开他心中的郁解。"我一一向她支着,她听后频频点头。

有了解决问题的办法,那位母亲在转身离去时明显多了份自信与力量,我也在内心默默为她祈祷。

一年后她再来见我，说几乎将所有的办法都用过了，总算让儿子"浪子回头"了，我听了，心中颇感欣慰。现在她的儿子早已从大学毕业，并进了一家文化单位工作。回首那段不堪的过往，他不好意思地说："那时的我太不懂事了。"还说将来会用这段经历来教育自己的孩子，我不禁哑然失笑。

教育孩子是一门高深的学问，"育儿经"并不适合所有孩子，由于个体的差异，比如性格、出身背景及人生经历等的不同，会导致人与人之间的千差万别。没有最好的教育方法，只有最适合自己孩子的方法。

尊重、认同、接纳和欣赏是社会工作的基本理念，我觉得用在教育孩子上也非常合适。"棍棒底下出孝子"的时代早已一去不复返，社会的多元发展呼唤多元的人才，注重"培根固本"，以优势视角来看待每一个孩子，赞誉和欣赏之词便会常常脱口而出，给予孩子们莫大的自信和鼓舞，引导他们走上正途。

良好的生态系统是孩子健康成长的大环境，为孩子构建起家庭、学校、社会一体化的良好生态系统，才会还给他们一片蔚蓝的晴空，让他们自由地呼吸、健康快乐地成长！

几乎所有教育专家都指出：孩子的问题就是家长的问题。如果认为孩子出了问题，做家长的也的确该认真反省与反思了。言传身教，学会和孩子平等对话，首先要学会与孩子一起玩耍，才会与孩子共同成长，给他们正确的人生导向，帮助他们培养阳光和谐的心态、健全的人格，这样，不管他们将来身处何种境地，都能坦然面对人生的风雨，成为命运的主宰。

天下父母皆爱孩子。所有父母都是以十二分的执着奋力托举太阳的人，希望他们有力的双手，托举起孩子美好的未来，也托举起祖国美好的明天。

人，吃的都是自己的亏

人们常说"人善被人欺"，被欺的善良人似乎是值得大家同情的，但细想一下，善良为什么反被人欺？不外乎善得没了自我与底线，善得不辨忠奸与好坏，归根结底还是善良人自己的错。我们都知道凡事有度，过于相信别人或过于怀疑别人都是不对的。人的境界有高低，所做之事有对错，了解人性、懂得判断，才能适度保护自己，才会少走弯路。

有位年过五旬的女企业家，是家中长女，创业成功后，她就将弟弟弟媳、妹妹妹夫全请进了公司，还让他们分别担任了企业核心部门的主管。最初的五年，外部环境宽松，加上行业选择正确，站在风口上的企业发展态势良好，全家老少皆大欢喜。第二个五年，本应乘势而上的企业，却因为被亲情管理裹挟及身居高管之位、能力跟不上的家族成员拖累而举步不前，原地打转。眼看着赚快钱的时代已经过去，只有靠实力才能赢得未来，这位女企业家曾想过要以壮士断腕的勇气进行革新，但想想家族成员个个没有学历、能力一般，若将没有生存技能的他们请出公司推向社会，亲人间可能会反目成仇，自己就会成为众矢之的，她便将这个念头强压了下去。就在身为老板的她举棋不定、犹豫不决之时，企业外聘的一些有能力的高管纷纷跳槽了，她痛心莫名、寝食难安。当她为企业的前途命运深深忧虑时，没想到她那个担任销售主管、不求上进的弟弟竟然以洽谈业务为借口，时常偷偷跑到澳门赌博，几年下来他输掉了自己所有的家产，还欠下了数百万元的赌债，当催债人找上门来，做姐姐的她才深感事态之严重，她愤怒却无奈。面对高额的赌债，面对弟弟的诅咒发誓和弟媳的涕泪横流，她又一次心软了，她不顾丈夫的反对，咬牙卖掉了自己的一套住宅，替败家的弟弟还清了赌债。

进入第三个五年，企业有半年时间处于停摆状态，她心急如焚。产品研发、企业管理和营销都跟不上，公司早已是四面楚歌，她只好将自己仅剩的一套住房作为抵押向银行贷款，艰难维持。当公司终于无法发出工资时，最先站出来责难她的不是普通员工，而是她情同手足的弟弟妹妹，因为他们全家都被绑在了这艘船上，断了生计，个个怪她无能，害得他们生活无望。句句恶语似钢针毒刺扎在她心头，明明是至亲却带来如此深重的伤害，她忍不住伤心啜泣、悔不当初。

作为姐姐的她善良而仁慈，但她错在将亲情带进了企业，还让他们都做了高管，德、能皆不配位，必有余殃，这也势必对其他员工造成不公，最终导致骨干成员流失，极大地削弱了团队战斗力，加上产品研发及市场拓展跟不上，公司业绩持续下滑，一步步跌入低谷。

凡事过犹不及。商有商道，绝不能一味感情用事，误了发展良机；善有善道，爱要有分寸，不可泛滥，爱得没了原则，反倒成了最大的负累。用一句老话说是"好心办了坏事"，用一担米养了仇人，最后却落得个众叛亲离、人财两空的下场。

冰冻三尺，非一日之寒。人性之恶在于贪欲无度，如果我们只是一味迎合满足，终有满足不了的那一天。感情被挥霍殆尽，只剩自己在风中凌乱。没有底线的爱其实是最大的害，亲人早已养成了无度依赖与无止境索取的恶习，与她只能同甘而不能共苦。细想一下，这难道不是她以爱的名义造成的吗？

有一天，一位在业界颇有名气的律师找到我，他觉得万念俱灰、生无可恋，向我倾诉心中无尽的烦恼。望着神情沮丧的他我很诧异，因为他向来以快乐阳光的完美形象示人。在他断断续续的诉说中，我得知他是被亲情伤害，痛苦而绝望。作为家族中唯一靠读书改变命运的人，他从踏入城市的那一刻起就在心中暗暗发誓：一定要让全家人过上好日子。从此他这个家庭顶梁柱就开始了为改变亲人命运的远征：不惜拉下脸面为没有什么文化的兄弟姐妹在城里找工作；想尽办法将侄儿侄女送进好学校念书；看到买房可以入户，他将全部积蓄拿出，又从银行贷了一些款为兄弟姐妹在城里买了商品房。如今，全家老少终于如愿成为城市的一分子，他这个大功臣还没来得及高兴，家族矛盾却连珠炮似的炸开了：大到赡养父母，小到请家政的费用，大家都指望着最有出息的他一如既往地全额出资。

妻子为此没少与他争吵,甚至到了要离婚的地步。他就像一头老牛,拉着载满亲人的牛车,还有他们不断膨胀的欲望,一路负重前行,终于身心俱疲,缴械投降。

这又是一个被亲情所伤的负面案例,即使付出所有也无人感恩,更没有人关心体贴他。冷静思考一下,其实罪魁祸首就是他自己,是他的无度纵容和无止境地满足对方,才让身边的亲人无度依赖与索取,并认为这一切都是理所当然。欲望如洪水猛兽,吞噬的是人的良知。太容易得到反而不会珍惜,是他没有认识到贪欲是人性致命的弱点,才导致了这样令人不堪的结局。一味为别人活着,却忘了为自己好好活,等到遍体鳞伤时,才看清他们的真实面目,恶果只能自己慢慢咽。

总之,那次见面后,他开启了另一种生活模式:卸下了肩上沉重的包袱,理智对待亲情,承担自己分内的责任比如赡养父母、关心妻儿等,在工作之余他选择参加各类公益活动,力所能及地回馈社会。三年后再见到他,我看到的是一个神采奕奕、意气风发的中年才俊。问及近况,他笑着说:"现在的亲情关系比以往任何时候都好。其实地球离了谁都照样转,过去是我太小看他们了,什么事情都大包大揽,反倒削减了他们的斗志。只有当他们亲历了,才会懂得工作的艰辛及生活的不易,并真正懂得珍惜与感恩。"

人,靠天靠地不如靠自己,可以扶一把,可以送一程,但不可以凡事代劳。有一种大爱叫放手,飞高飞低、飞远飞近,在于各自的努力。

有一位投资失败的朋友曾找到我,痛斥当初那个动员他投资的人,大骂对方是骗子,害得他投下去的二百多万元血本无归,还背了一身债务,从此家无宁日。看他一副苦大仇深的样子,我弱弱地问了一句:"那个劝你投资的人一定是你的熟人或朋友吧?"他停止了咒骂,愤愤地说:"对呀,我们是打交道十多年的朋友,没想到他竟然一点也不顾朋友的情分,还专门杀熟。"

"投资是商业行为,有赚有赔呀!难道是他赚了钱不给你还是故意跑路了?"

"没有,是他行业选择失误加上管理不善,把企业搞垮了。"

"请问你对这个朋友真的很了解吗?包括他的人品、财力和企业经营管理能力等。另外,投资前你向同行业的人深入了解过吗?有没有请行业专家帮忙进行可行性分析论证?还有,你对投资可能失败所造成的财力损失有没有预估并做好心理准备?"

"没有。"他一脸无奈地说,"当初他说这个项目肯定稳赚不赔,我就轻信了他,才四处筹款投了进去。"

多么幼稚可笑!商场如战场,谁敢说世上只有赚钱没有亏本的买卖?这明明是自己的贪心在作怪呀!其实人与人之间最大的区别在于认知,对人对事缺乏判断能力,才容易被人忽悠或利用。还有,投资者本人应有的风险防范意识缺失,他们听风就是雨,抱着豪赌的想法,将全部身家押上做赌注,企图一夜暴富，结果却事与愿违。由于远远超出了自己的资金承受能力和心理承受能力，爆雷后才让一个又一个投资者陷入了痛苦的泥潭，利益双方最后闹得不可开交，甚至对簿公堂，给社会造成了诸多不良影响。

事后我向一位法官朋友说起这件事，他说，这样的事情我们见得实在太多了，这些人没有投资能力也没有投资经验，却倾家荡产涉足未知领域，是无知和贪婪蒙蔽了他们的双眼，最终陷入了痛苦的深渊，所谓"可怜之人，必有可恨之处"。

看起来是上了别人的当，实际上是吃了自己的亏呀！

幸运鸟

我常常想起那只乖萌孤单的绣眼鸟,它虽然只在我家待了半天,却留给我长久的回忆。

那是一个周六的清晨,我去附近的超市买了果肉蔬菜回来,拎着沉甸甸的购物袋,行至一棵莲雾树下,突然看见一只羽毛暗绿、身形小巧的鸟儿正在地上啾啾地叫着,细嫩的声音虽娇弱却格外清脆。我俯身抚摸它,它眼神中流露出惊恐,却没有想逃跑的意思,依然伸着细长的嘴巴鸣叫着,显得很急促,仿佛是在向人求救。它在原地蹒跚着,身体显得有些不平衡。莫非是从鸟窝里掉下来的小雏鸟?我抬头向树上望去,树上并不见有鸟巢。那就是这只小鸟生病了,它等待着人类的救援?我伸手将这只比拳头还小的鸟儿捧起来放进了一个空塑料袋中,它就这样随我来到了家里。

一进家门,我高声告诉刚起床的儿子捡到了一只小小鸟,向来喜爱小动物的他一听便欢呼雀跃,从我手中抢去装鸟的袋子,将这个小家伙捧在了掌心,左打量右打量,喜欢得不得了，眉宇间全是爱意。

"妈妈，它应该是生病了，你看它翅膀上的羽毛有些蓬松，小脑袋耷拉着，没有什么精神。"

"是呀，我看它一直扑棱着翅膀却飞不起来，你看这到底是只雏鸟还是生病的鸟？"

儿子拍照后开始上网查询，发现这是只成年绣眼鸟，暗绿色的羽毛显得很华美，白眼圈让它的眼睛看上去很有特色。

这种鸟最爱吃什么食物？按照儿子百度的结果，我赶紧剁了新鲜肉碎与小米同入锅中熬煮。很快，屋子里便香气弥漫。待凉却后给小鸟吃，它却不张嘴，估计是平生没有享受过这样的待遇，一时还无所适从。儿子赶忙找来一根吸管，一边慢慢逗它玩一边喂食，没想到它吃得很欢快，就像雏鸟那样大张着嘴巴等待鸟妈妈将食物喂到口中。这场景深深感染了我，我忙不迭在一旁拍照录像并上传到网上。

小鸟一边欢叫，一边扑棱着翅膀，跃跃欲试，似乎想要高飞的样子。它的精神比先前好了许多。

"咱们好好伺候它两天，估计它就能重新展翅高飞了！"儿子满含期待地说。

"好！等养好了身体，咱们就将它放飞。"说完，我走进厨房，开始做午饭，儿子则一直在客厅陪着小鸟，一会儿喂食、一会儿喂水、一会儿帮它清理粪便，还找来纸盒给它做了一个"安乐窝"，忙得不亦乐乎，他对幼小生命的怜爱之情一下子爆棚了。

小鸟到家，欢乐满室。

吃饱喝足后的小鸟一会儿闭眼打个盹儿，一会儿张嘴啾啾唱起歌，一会儿又扇扇翅膀做飞翔状，萌态十足，十分惹人怜爱。

吃过午饭后，我们各自回房间午休，小鸟就在它自己的窝中或休息或唱歌，自得其乐。

午休起床后第一件事就是看看小鸟，没想到它无精打采地趴着，我一惊，莫非小鸟已死了？儿子蹑手蹑脚凑近看了看说，它还有呼吸，估计是在睡觉哩。我却有一种不祥的预感，怕它命不久矣，之前的反应是回光返照。

果然，再过了十分钟，我想给小鸟喂水，却发现它已四脚朝天，悄无声息了。我的心一阵悸痛：咋一个午觉就一命归西了？疑惑、自责、愧疚之情顿时涌上心头。我后悔自己在它弥留之际怕惊扰了它的美梦而没有轻抚它一下。儿子也惊呆了，望着一动不动、可怜兮兮的小鸟，他同样十分伤心难过。

生命是如此脆弱，眼见着凋零，我们却无能为力。我和儿子将绿眼鸟连同它的"安乐窝"一同葬在了楼下的一棵大树下，希望来生它依然做一只自由快乐的小鸟，不惧风雨，翱翔蓝天。

彼此成全，聚散随缘。这样想着的时候，我便有些释然了……

第四辑

慈善，人人可为

2006年5月，我着手创办珠海市关爱协会时，记得身边不少朋友都十分不解，他们曾善意地劝诫我：你既不是名人，又不是富人，创办公益组织一定会困难重重。我并未因此而却步，回答说：这是传统的偏见，慈善并不是名人或富人的专利，而是人人的权利，出钱出力出心都是慈善，善言善行善举皆是大爱，我想做的是搭建一个"人人皆可放心公益、人人都能快乐慈善"的平台。

从此，我开始了自己的慈善远征，一路收获的是欣喜与感动。汶川地震、西南旱灾、舟曲泥石流、玉树地震、抗台风"天鸽""山竹"等，每一次大灾大难来临，都有特区人冲锋在前的身影，大家同心携手、守望相助，定格了无数个令人感动而难忘的瞬间，谱写了一曲曲爱的赞歌。而日常帮扶如济困助学、敬老救孤、助残扶弱、大病救助等，都有爱心企业家及爱心人士伸出的无私援手，为身陷困厄与绝境中的同胞撑起了一方爱的晴空。

人心向善。慈善的本义是为人搭一架向上向善的天梯，引导其走向更好的明天。慈善并不是一个人做了很多，而是每个人都参与进来，人人都尽一份心力，这就是我们常说的：众人拾柴火焰高。

在这座爱的彩虹桥上，无助者与有爱人牵手，让欢笑赶走了泪水，让希望代替了哀愁，演绎着一幕幕感人肺腑的故事。作为亲历者，我一次次被身陷困厄中人的艰难处境而震撼，为慷慨解囊者的慈行善举深深打动。行善者中，有还在念书的学子，有退休多年的耄耋老人，有在职公务员，有普通工薪一族，更多的是民营中小微企业主，他们将慈善当成一种习惯和自觉，用身体力行诠释着大爱的真正内涵。

访贫问苦的过程，其实最能疗愈人的身心。别人的苦难和无助，让我们感同身受，却也是最难得的安慰，在帮助他人的过程中让我们体会到了充实与愉悦，看到了自身的存在价值，内心里不由得多了几分自信与力量，一种成就感和使命感便油然而生，这就是人们常说的"施比受快乐"。

人生的意义在于影响或改变他人及世界，让其变得更好。雪中送炭，那一双双伸向无助者的援手，融化了坚冰，明媚了心情。

赠人玫瑰，手有余香。慈善真的可以是一种生活方式，这是十多年慈善从业经历带给我的切身感受。这也是不少爱心人士持续投入时间、精力、金钱做慈善的重要原因。

经济硬指标，慈善软实力。一座城市，不仅要有高质量发展的经济环境,更要有让市民有尊严有暖意的关爱氛围,这是人人心中的向往。

上善若水,润物无声。世界因关爱而温暖,因慈善而美好!

愿做世间一朵莲

我对于莲的喜爱,由来已久。最初始于书本对她的描摹,其形之美、其气之清,异于寻常花卉。她袅娜的身姿,她香远益清的独特气质,都让人深深迷恋。无论阴晴晨昏,低调而内敛的莲在一潭清水或浊水中,开出或红或白或紫的花朵,用自己的美丽愉悦世人的心情。

莲对于我,有着致命的诱惑。无论春夏秋冬,我的脚步总爱追随着莲开花拔节的声音一路跋涉而往。我与莲,始终在感情上保持着某种神秘的联系,虽无语言交流,却是心心相印、息息相通。

在我家的卧室和客厅,悬挂着多幅莲花图,这是我专门请一位高僧创作的。无论工作多繁忙,回到家中驻足欣赏墙上的画和养在盆中的莲花,芜杂的心绪很快便会归于宁静,梦中甚至常见莲花开。

随着年岁的增长,我对于莲的喜爱愈加强烈。莲花没有玫瑰的热烈和牡丹的雍容,也没有芍药的芬芳和桂花的馥郁,但正是她的淡雅含蓄和卓尔不群，让她更显独特，引人注目。

莲的气质和气节更接近于人的品性。作为花中君子，她的王者之香，她在污浊世界始终葆有的柔软之心，让我痴迷与沉醉。

不管是娇艳妩媚的夏莲，还是略带羞涩与倦意的秋莲；不管是身处荡漾的碧波之中，还是陷于污泥浊水深处，她们都优雅而沉静，仿佛不食人间烟火的仙女般，悄悄吐露着芬芳，静静地将世界打量，活得不卑不亢，淡定而从容，十分自在。

立于塘前，清风阵阵拂来，仿佛把人带入梦幻般的境界，身心俱澄明。所谓物我两忘，大约就是此种感受吧！

莲生于水，却不浊于水。她虚心向上，绽放绝美的花朵，吐露满池清芬，这是她最摄人魂魄的地方。

一个冬日的清晨，我正在居住的小区水塘边聚精会神地观看香水莲，一位年逾六旬的保洁大叔走到我身边，他皮肤黝黑、眉眼慈祥，举着一个小花盆笑盈盈地对我说："送你一盆多肉植物吧！这是昨天售楼处搞完活动遗留下的。"想必老人是见我爱花才送我这盆绿植的吧！

我接过花盆，一股暖流顿时涌遍全身。望着眼前这位和蔼可亲的老人，我觉得他的笑容也如那莲花般温暖人心。

老人在小区做保洁工作多年，偶尔相遇我会点头与他打个招呼。我注意到一些人则无视他的存在，往他刚清扫干净的地上乱扔果皮垃圾。他没有停下来指责那些不注意公共卫生的人，而是一直埋头认真打扫，身后留下一条长长的但十分干净的道路，看人们心情舒畅地走在上面，他的嘴角漾起一丝不易觉察的笑意。

细想一下，老人不也如莲吗？在纷扰的世界，他用自己的汗水和辛劳换来别人眼中洁净的世界，且多年来乐此不疲、无怨无悔。脏了自己，却美了世界。

我手捧老人送给我的多肉植物，立于荷塘前，痴痴凝望。真希望自己在水中站成一朵盛开的莲，静静地绽放、幽幽地吐芳。愿像莲花一样，有一颗清净而柔软的心，送给世人缕缕清香。

愿在世间做一朵莲，遗世独立、寂然绽放。任蜂蝶来采蜜，任蜻蜓来嬉戏，笑对风雨，默然不语。

而眼前那一片盛开的莲花仿佛朵朵心花尽情向远处铺展，将人带入极富诗意的禅境，悠然沉醉。

做人，不应该像莲一样，始终保有一颗善良柔软的心吗？正如台湾已故知名作家林清玄所言：一念心清静，处处莲花开。

莲，开在眼前，开在心中，开在我生命里。

"吹大师"

一片树叶、一个易位罐、一件衬衫、一个塑料瓶……这些日常生活中司空见惯且毫不起眼的东西，只要到了他的手上，就能吹奏出美妙的乐音，让听者无不发出惊呼，这位奇人就是声名远扬的"吹大师"阮宏昌。

我是在 2023 年 6 月中旬带团赴惠州市惠城区黄沙洞村考察美丽乡村建设时认识"吹大师"的。记得当时我们正在忘忧谷农庄吃饭，他受邀过来为大家表演，只见他皮肤黝黑、身材瘦削但身姿挺拔、脸上写满了自信，他操着浓浓的家乡口音向大家做自我介绍：我叫阮宏昌，1958 年出生于闽西永定一户普通农人家，是中国薄片吹奏艺术家，曾上央视表演获过奖，还曾受邀为国家领导人进行过表演。

简短的自我介绍，让举座皆惊。没想到眼前这位不显山不露水的民间艺人，竟然如此卓尔不凡。

阮宏昌先生随手拿出一片树叶，为大家吹奏了一曲《今天是个好日子》这一应景歌曲，随后他又用塑料片为大家吹奏了一曲《好运来》，清脆婉转的演奏赢得满堂喝彩。不过最精彩的是他拿出一根带毛的牛尾皮为大家吹奏《十送红军》，牛皮真是可以吹的！这让我们一行15人大开眼界，不禁感慨：高手在民间哪！阮先生最后还表演了快板说唱，将气氛推向了高潮，在热烈的掌声中他开心地向大家鞠躬致谢，带着满满的成就感与我们挥手作别。

大家意犹未尽，纷纷将这段表演的视频发到了微信朋友圈和抖音进行宣传与分享。在这偏远、宁静的乡村，竟然能欣赏到如此高水准的艺术表演，我们深感幸运。

夜宿悦湖居，一夜无梦到天明。清晨沿着湖堤漫步，田园农舍相映成趣，远山近水相得益彰，人如在画中仙游。黄沙洞村民风淳朴、风光秀美，独特的天然温泉吸引着八方来客。当然，吸引人们的还有一个美好的故事：黄沙垌村曾经以本地黄姓人家为主，后来刘姓客家人迁徙至此，共融发展。随着村里人口的不断增加，土地无法养活这么多人丁，于是黄姓人家主动全部搬离至别处，而将这块风水宝地让给了刘姓人家，"让居恩"已成为一段佳话和美谈，也成了该村孝爱文化的渊源。近几年，得益于国家乡村振兴的好政策，黄沙洞村的农文旅融合发展态势良好，村里外出务工的人员陆续返乡就业，村民们在家门口就能致富奔小康，这实在令人欣喜与向往。

我向忘忧谷农庄走去，打算吃过早餐去泡一下天然温泉。刚一落座，突然见到一个熟悉的身影，原来正是昨天为我们表演的"吹大师"阮宏昌先生。我惊奇地问他："您这么早哇？"

"我已经练习两小时吹奏了。"他回答,"这么多年我一直坚持每天训练,从未间断过。艺不学不精啊!"

台上一分钟,台下十年功。这话一点儿也不假。带着几分好奇,我与他攀谈了起来。

"您是怎么选择来这里的呢?"

"偶然的机缘巧合。在珠海的一次饭局上我遇到了忘忧谷农庄的刘老板,他说农庄这边需要我这样的人才,我们相见恨晚,我当即答应了。"

萍水相逢,却一见如故,这样的事见得多了,我也不觉得奇怪,缘分的奇妙是无法用言语表达的。

"这门技艺是您从小就喜欢的吗?"

"也是偶然。我小时候在福建农村长大,两岁多时也就是全国闹饥荒的 1960 年,由于家中兄弟姊妹多,父母实在无法养活一大家人,便将我送给了邻居。结果没过多久,邻居又将瘦得只剩皮包骨头的我送了回来,说是担心我死在他们家中。无可奈何的父母只得重新接纳了我,母亲硬是用青菜、米汤将我从死神手中夺了回来。"说到这里,阮先生忍不住泪水涟涟。

"由于家里穷,我没读什么书,很早便跟随父母在地里干活,生活的艰辛,我自幼就深深体会到了。但比起身体的痛苦,乡下生活的单调乏味更可怕。在我 13 岁那年,有一次下地干活时,我看到堂哥随手摘下一片树叶,用手捻一捻,放在唇上便吹出了欢快的曲调,我很是惊奇,便缠着堂哥教我,结果我仅用三天时间便学会了,经过一段时间的勤学苦练后,我比堂哥吹奏的还要好。"他笑了一下说,"笨鸟先飞,我一有空就着了魔似的练习,有时甚至练到嘴抽筋。但功夫不负有心人,我吹的歌越来越多,也越来越好了。"

"您那时候会识谱吗?"我问。

"我连最简单的五线谱都不会,没有人教哇!我都是反复听歌,反复跟唱,直到烂熟于心,才开始用树叶吹奏出来。不走调是基本要求,无限接近是不变的追求。"他笑着说。

"从最初的用树叶吹奏,到后来用很多种不同材质的物件吹奏,您是如何做到的?"

"其实我一度停止吹树叶有 20 年时间,家里人嫌声音'聒噪',我年轻时也只是把它当作打发无聊时光的兴趣爱好,根本没想到它还是一门艺术。直到 90 年代中期,我看到电视里播出有民间艺人展示能吹五种薄片乐器而深受观众欢迎,心想自己一定能超过他。于是我才又重操旧业,并开始拓展'乐器'种类。我是个喜欢学习、钻研的人,我发现用不同的物件吹奏,音色各异,各有特色,于是醉心其中。根据'乐器'的软硬、薄厚程度,我分别反复进行练习,不断尝试与突破,现在我可以自如地使用十多种材质吹奏。"他言语中流露出无比自豪。

正是凭着这样一种不怕苦、不怕累的"拼命三郎"精神,他才走到了今天。从最初的热爱到后来因此成名成家,乃至大红大紫,这是阮宏昌做梦也没有想到的。

阮宏昌是福建永定客家人，而黄沙洞村是客家人的聚集地，所以他来这里是机缘巧合，又仿佛是上天的安排。

在忘忧谷农庄，我看到了一个门形框架，上面有对他的详细介绍：特技吹奏演员，曾受邀在国内和东南亚等地演出。在2007年11月荣获大世界吉尼斯薄片材料吹奏数量之最证书。2008年9月，在中央电视台《想挑战吗》栏目荣获"挑战英雄"，同年12月，中央电视台《想挑战吗》栏目——挑战英雄群英会再次邀请，荣获金杯奖。曾在国内外70多家电视媒体接受采访……

真可谓荣誉等身，星光耀眼。

"吹大师"是阮宏昌给自己取的艺名，虽然有些土，甚至容易让人产生歧义，但他却认为这是最贴切的称号。这位从客家土楼走出的乡土人才，带着满满的自信，打算将这一技艺广泛传播。阮宏昌用一片树叶改变了自己及一家人的命运，这是热爱和坚持产生的奇迹。

"您这一生无数次登台表演，请问哪一次给您印象最深？"我问他。

他眼睛顿时放光，不假思索地说："给胡锦涛总书记的那次表演。那是2010年的2月13日，我接到通知，为到古田视察的国家领导人表演。其实为了这次表演，我和另外几位本地民间艺人已同时准备了一段时间，但最终选谁我们都不知道。没想到这份幸运最终落到了我的头上。我当时真是欣喜若狂，激动不已。那次我为胡主席吹奏了《十送红军》《采茶扑蝶》，得到了主席的高度赞扬。"

"吹大师"虽然早已是红人，但他依然保持着淳朴善良、勤劳本分、低调务实的好品格，他对生养他的故土和当下所处的乡村充满了感恩之情。保持不变的底色，这是他在艺术之路上越走越远的奥秘。

阮宏昌最大的心愿是希望他的"薄片吹奏事业"能在全国范围内推广，未来能找到继承这项技艺的人。

"用玻璃薄片吹出美妙音符"是阮宏昌的下一个目标。我相信，在他的不懈努力下，梦想一定会照进现实……

就让我来帮助你

什么是真正的大善？什么是真正的大爱？这个曾经困扰了不少人的问题，我在 17 年的慈善从业经历中找到了答案。没有惊天动地的举动，没有信誓旦旦的豪言壮语，只有默默的行动，如无声的清泉，滋润人的心田。那一双双伸向身陷困境中的陌生同胞的手，一次次温暖了受助者的心怀，让他们露出了久违的笑容。

人间最美之事莫过于雪中送炭。乡村老教师陈远春先生一生育人无数，桃李芬芳。2016 年，年过八旬的老人在弥留之际叮嘱儿女要延续他的助学梦，家人这才知道老人家一辈子省吃俭用，却悄悄帮助了数百名贫困学子，圆了他们的求学梦、点燃了他们心中的理想。儿女遵照老人的遗愿，将他身后的八万多元积蓄全部捐给了慈善组织——珠海市关爱协会，成立了以老人名字命名的专项关爱基金。转眼过去了六年，老人的子女持续向专项基金注入善款，已高达 200 多万元，先后为广东、云南、贵州等偏远山区的孩子们源源不断地送去了关爱。

陈老先生的大儿子——珠海机场快线的董事长陈钦生先生，2022年被评为"珠海好人"。而陈氏家族成员间也因这绵绵不绝的爱，彼此的心贴得更近了。大爱总是无言。以爱和善传家，这是多么智慧的老人哪！

  2012年年底，一位身患尿毒症、下岗在家、只能靠透析维持生命的中年男子邓先生，其女儿在一次爱心助学活动中接受了捐赠，他代表受助学生家长上台发言。他眼含热泪向大家深深鞠躬，致谢的肺腑之言和他的不幸遭遇打动了现场每一个人。第二天，一家化妆品企业的负责人翟胜利先生来到我办公室，将一个装着4000元现金的信封交给我，委托关爱协会将这笔钱转交给邓先生全家过年用，因为不久就是中国的传统佳节——春节了。接过这一沓沉甸甸的善款，我异常感动。当我带着秘书处工作人员来到邓先生租住的阴暗潮湿且十分简陋的屋子时，接过善款的他感动得差一点跪地磕头。他瘦弱的太太在一旁忍不住哭了，她说自从丈夫生病后，亲戚朋友基本不跟他们往来了，甚至有意躲着他们。她说前段时间自己曾为孩子上学的费用找过亲戚朋友，但都被无情地拒绝了，令她十分寒心。没想到在珠海遇到这么多好人，不但孩子的学费有了着落，连过年的钱也不用愁了。

  是呀！穷在闹市无人问。作为外来务工人员，身陷绝境的邓先生一家早已体会到了世态炎凉和人情冷暖，曾经的亲人现在成了熟悉的陌生人，但真正萍水相逢的人，却成了生命中的贵人，给了他们春天般的温暖。

这以后，翟胜利一家就与邓先生一家结下了不解之缘，从经济上慷慨救助，从心理上积极疏导，从精神上给予鼓励。翟胜利多年来的真诚帮助让邓先生一家再次感受到了人性的美好，看到了生活的希望，邓先生的病也奇迹般得到了好转。这就是爱的力量！如今转眼十年过去了，邓先生的女儿已参加工作，邓先生和太太也被翟胜利先生安排到自己的企业做了门卫，有了稳定的收入，一家人彻底摆脱了贫困，过上幸福安宁的生活。他们以感恩之心全情投入工作，兢兢业业、任劳任怨，比其他员工更努力、更敬业，做事也更让人放心。这是爱的回馈，更是爱的流转，这就是生命对生命的影响。

没有最苦，只有更苦。慈善工作更多时候是与苦难打交道，对于不幸和意外，慈善从业者有着更深切的体会。2012年10月，我带着爱心企业家温晓梅女士对几位贫困且身患乳腺癌的女性朋友进行家访，那一次的实地走访，对我俩的内心冲击巨大。她们中有的年纪轻轻却因手术化疗满头秀发全部脱落，有的因切除双乳而失去了女性应有的美丽，有的因患病遭到了丈夫的遗弃而失婚……总之，她们贫病交加、祸不单行，遭受着病痛和精神的双重折磨。她们的境况令同为女人的我们十分痛心。

家访结束，我和温总的心情久久难以平静，为这些女性的不幸遭遇，为她们那不知何时是尽头的苦难日子。

从这次活动开始，女企业家温晓梅发愿：以后每年十月的粉红丝带关爱行动，她本人和公司都将积极参与，负责筹集善款帮助贫困的乳腺癌患者，减轻她们的医疗负担，从物质上进行资助、从情感上进行抚慰，同时开展女性乳腺保护专题讲座进行科普，让更多姐妹早预防早治疗，以免遭受痛苦。

言必行，行必果。没想到温晓梅带领团队一路坚持，风雨无阻，一眨眼竟已过了十年，50多位贫困的乳腺癌患者得到了她和公司的无私援助，久违的笑容重新在她们脸庞绽放。当温总捧着康复者献上的鲜花时，她笑得比鲜花还灿烂。

人们都说她有一颗菩萨心肠，温晓梅却感慨地说：“这些年公司与爱同行，发展势头良好，业绩一直十分稳定，上苍给我的远比我付出的要多得多，我很知足也很感恩。只希望姐妹们从此远离病魔、远离痛苦，重拾欢乐。”施比受快乐，这就是慈善的魅力。

一路跋涉，遍洒甘霖。而只有一步一个脚印地认真践行，才会真正让梦想照进现实。

有一年暑期，我带领几位爱心企业家去珠海对口帮扶地——茂名信宜某乡村实地走访慰问。当来到一户低矮的土坯房时，见到一老一小两位屋主，这家人的境况深深触动了我们。眼前这个面目清秀、身形单薄、正念高中的女孩子，她与年过七旬的父亲相依为命，老人体弱多病，靠低保勉强维持生计，家庭困窘状况可想而知。老人年轻时家里太贫穷，娶不起媳妇。女孩的母亲是20年前父亲在村口捡回的一个流浪女，生下孩子没多久便因病去世了。现在父亲年事已高，根本无力照顾女儿。听完了村干部的讲述，现场所有人都陷入了沉思，心情异常沉重。这时，随行的企业家李国芬先生的太太走到低头不语的女孩跟前,拉起她的手轻声说:"孩子,别怕,我们都会帮助你的。"并当即决定与她结对,发愿要资助她完成学业,直至参加工作。家徒四壁的屋子里,顿时暖意融融,老人和女孩都感动得热泪盈眶,在场的人无不为之动容。

一诺千金。就在女孩家那张破旧的小饭桌上,在大家的共同见证下,他们双方签订了长期帮扶协议。

有爱有希望。在李国芬夫妇的帮助下,好学上进的女孩后来考上了心仪的大学,2022年她以优异的成绩毕业并顺利找到了喜爱的工作。而女孩的父亲早在我们离开村子不到一年就去世了,但女孩并不孤单,因为李国芬夫妇早已把她视为自己的孩子,给予了无微不至的关怀。

救人于苦难,这是何等高尚的境界!无论风霜雨雪,他们坚定地心手相牵、不离不弃。付出爱与得到爱,付出的一方快乐变成了双份,得到的一方感恩在心中倍增,这都是爱的汇聚。

这些年,我耳畔经常回响着"就让我来帮助你"这句话,语言质朴,却掷地有声,暖人心怀。好人就在身边,也许是老张小李,也许就是你我。他们向无助者及时伸出援手,为绝望中的人撑起一方爱的晴空,让生命重新绽放光彩。他们数年如一日,用执着、善良、无私向社会传递着大爱与美好,如春风春雨,润物无声。

感人的故事和难忘的瞬间还有很多,它们常常在我心中奔涌,看似平常又平淡,却宛如一首首经典歌谣,曲调优美、耐人寻味。因为纯粹,所以格外打动人心。

/ 第四辑 /

点点滴滴都是善意的表达

很多人都认为行善是很高大上的行为，需要足够的金钱、时间与长期的修炼才能做到，这其实是对善的误解。

善言善行善举善念善意皆是善，生活中每个人都是善的践行者，有时哪怕只是一个善念，也相当于踏上了善道。白天看到公共场所忘关的廊灯、路灯等随手关掉，这就是善举；看到被人丢在路边、公园等有碍行路及观瞻的废弃物、垃圾等，你随手捡拾，还一份洁净、安全给世界，这亦是善举。日常生活中，大到救人于危难，小到为陌生人指路带路、引导小孩子过马路、给陌生人一个微笑等，这都是善行。这些行为如润物细无声的春雨，暖人心怀。

"修合虽无人见，存心自有天知"。在日复一日的行善途中，往往会有意想不到的收获与惊喜，比如人的容貌会变得越来越端庄慈祥，心态会变得越来越阳光，生活会变得越来越幸福，得到越来越多人的尊重等等。

我身边有不少朋友曾向我讲述他们做慈善及做志愿者多年

的感悟与收获：有的邂逅了美丽爱情，收获了美满婚姻；有的得到了提拔重用，前途一片光明；有的企业蒸蒸日上，形势喜人；有的性格发生了惊天逆转，由先前的急躁焦虑变得宁静温和，幸福感明显增强……这就是我们常说的"福报"。

相由心生，对此话我深信不疑。不信你认真观察一下周围熟悉的且上了一定年纪的亲朋，心地善良的人，大都一副慈眉善目、和蔼可亲的样子，对人有着天然的吸引力；而自私阴毒之人，往往透着刻薄、狰狞之相，让人厌而远之。

善言善语，善行善举，如春风化雨，润物无声，它其实早已内化为了我们一举手一投足间的习惯与自觉。

走进乡村集市，不与摊主讨价还价，有意在高龄老人菜摊前停留，不管是否有需求，尽量多买些物品好让老人早点收摊，这就是善，于无声处传递出对老人辛勤劳动的致敬与爱戴之意，当然还有一份深藏不露的同情。"老吾老以及人之老"，看到他们，仿佛看到含辛茹苦抚养自己成长的父母，他们以这种善意表达出对天下老人的敬爱。同样的，走进孤儿院和贫寒家庭，看到孩子们无助的眼神，我们会情不自禁地抱起他们或抚摸其额头，心生怜爱，恨不得将世界上最好吃的食物全拿给他们，内心里在悄悄祈祷自己的孩子不要遭受这样的苦难，此所谓"幼吾幼以及人之幼"。看到卑微的乞讨者、街头的流浪汉，对这些为了生计放下尊严的人，能给予帮助我们就不要犹豫，我们的举手之劳，往往能抚慰他们疲惫的身心，让他们看到生活和人性的美好。

在做人及行事上，社会倡导的是弃恶扬善，所谓"诸恶莫做，众善奉行"。人有善念是善行之关键。反过来干坏事的人一定是恶念在作祟，比如贪婪、嫉妒、仇恨等，要摒弃这些，需要长久的修炼，让自己的内心达到无私、澄明之境。

大善与小善都是善，在不同的境遇下，我们都要保有善的品性。困境之下，咬牙苦苦坚持而不裁员的老板就是善；大灾面前坚持不发国难财，保持良心价出售商品的行为就是善；将痛苦与不幸深埋心底独自承受而不愿让亲朋知晓后一起担心受煎熬也是善……

善是付出真心真情，是成人之美、解人之惑而不求任何回报。奇妙的是，他们在慷慨付出后，总能得到意想不到的回报，这就是我们常说的"人有善念，天必佑之"。

现实生活中，越来越多的人开始奉行"日行一善"的行事准则，我认为这是非常智慧而高明的人生信条，如果人人持而行之，则世界之和谐、美好就在眼前。

与善同行，风景格外美丽！

爱的小秘密

我认识的一位不算特别有钱的个体老板，经营着一间茶叶店，平时生活节俭，在外应酬出手也不算阔绰，却是街坊邻里公认的"身边好人"。哪家有困难，有谁要帮助，只要是力所能及的事情，他都会在第一时间挺身而出。好事做多了，主动上门向他求助的人也多了，有时候是当事人，有时候是政府相关部门及慈善机构的负责人，只要是他认为应该帮或是值得做的，他从没拒绝过。

又是一次大灾来临，他同以往一样，在第一时间便行动起来。这次除了捐款之外，他还捐赠了一批衣物，衣服有新有旧，旧衣服成色也还不错。最旧的一袋衣服，他用蛇皮袋裹着，新衣服却用帆布袋装着，一看就知道品质好坏。

衣服被运送到了受灾最严重的一个小山村，村民排队领取救济物资，那袋装着旧衣服的蛇皮袋被该村最贫困的一家农户领取了。这户人家的儿媳妇十分刁蛮，与婆婆的关系一向不睦。回到家，她打开袋子，挑选了几件颜色鲜艳的衣服拿走了，却将被揉得皱巴巴的另外几件衣服随手丢给了婆婆。婆婆心地善良，拿着有些陈旧的衣服，她依然满心欢喜。她试穿了一下，衣服虽旧却还合身，对陌生人的相助十分感念。

过了几天，在搓洗衣服的时候，婆婆的手被那件旧衣服上一个硬硬的东西顶了一下，她以为是小石子裹进了衣服里，便伸手过去检查，却发现是衣襟边被针线缝进了一个小东西。婆婆拿出剪刀挑开线脚，意外地发现那里卧着一条金项链。而在另外一件衣服同样的位置，还发现了一枚金戒指。婆婆大吃一惊，她一辈子没戴过金首饰，却知道这东西的贵重。她赶紧喊来儿媳说："你快去找村干部吧，把这些东西还给好心人，估计是人家之前有意藏在里面的，捐出来的时候忘记取出了。"

哪知贪心的儿媳当场一把从婆婆手中抢过金项链及金戒指，还威胁她说："不要嚷嚷，这东西应该给我！"

善良的婆婆这次没理会儿媳，她跟跟跄跄地来到村委会，向村干部说明了事情的原委。按照物品的编号及捐赠信息，村干部最终找到了这位捐赠人。这位捐赠人很平静地说："这是我有意让家人缝上去的，我相信这两件衣服会到最需要的人手中。现在我的心愿实现了，你们将它还给老人家吧！"

了解到捐赠者的良苦用心，村干部面面相觑，十分尴尬。缝在旧衣服上的小秘密很快就在这个小山村传开了。不孝的儿媳简直无地自容。

不少人都对这位捐赠者的智慧之举交口称赞，但也有人感到不可理喻。他平静地说："对于像我这样能力有限的普通百姓，只希望每一次的善举都如雪中送炭，能帮到真正有需要的人。"他道出的其实是每一个行善者的心声。

快乐就在不远处招手

放眼现实，焦虑症和抑郁症患者越来越多，感觉到不快乐的人也越来越多，抱怨压力太大的人更是随处可见。为什么如此焦躁？以至于彻夜难眠，辗转反侧？为何用尽心力却离幸福越来越远？抛却疾病、灾难和意外，我们是不是太过追求完美而用力过猛？抑或是无端对一些不确定的事情进行揣测而让自己心力交瘁，寝食难安？这种无休止的内耗只会让人身心俱疲，陷入无尽的痛苦中。

一些人为了避免外界的侵扰，刻意将自己层层包裹，以为这样就能阻挡风雨的侵袭，却没想到阳光同样也被挡在了外面，最后反而陷入了黑暗、孤独与无助之中。过度保护与放纵自己，都会将自己置于孤立无援之境。

各美其美，美美与共。每个生命都很独特，如世间万千种花朵，各自芬芳妖娆，各有其姿态与使命。花的色彩各异，花的香气亦有浓有淡，正如人的品格、兴趣与爱好各有不同，不必攀比，更不必纠结和挣扎。没有两片完全相同的叶子，没有两朵完全一样的花,同样也没有完全相同的人。大千世界,芸芸众生,出身、背景、性格各有差异,能力境界有高低,每个人只需要做与众不同的自己,而一生要做的便是不断超越自我,从平凡到优秀,从优秀到卓越。

每个人的生活看似与世界、他人、万物紧紧相连,却又时刻可以分离,回归最本真的自己。学会接纳也许并不完美的自己比善于欣赏别人更为重要,因为不少人走着走着常常迷失了自我,忘记了出发的初心和最终的目的。

不管行多远,不忘来时路,不管经历多少挫折坎坷,依然怀揣不变的梦想,这就叫活出了自我。

细想一下,我们的生活其实与他人无关,而与自己的内心紧紧相连。不求别人的关注,不刻意活在别人的视线中,就会多一份自在与安宁。抱怨他人与苛责自己,都是对生命的浪费,豁达乐观面对一切,就会发现,处处都有怡人的风景。

境由心生,以心转境。人生的苦乐自寻求,向上向光的人,总是最先闻到花香。看淡放下是一个持续修炼的过程,一路的荆棘杂草、泥泞坎坷最后都会成为生命的风景。

不执着于成败得失,不沉迷于自己所爱或所憎,不纠结于聚散分离,只专注于自己踮起脚就能够得着的目标和抬起头就能感受到的幸福。在一路前行中洒下的汗水,见证了我们创造的奇迹,那是一步一个脚印的忠实践行,那是梦想照进现实的缕缕阳光。

如果觉得身处黑暗中，就请你为自己打开一扇窗，让花香飘进来、让阳光照进来、让快乐的鸟鸣飘进来，愉悦的心情能抵挡一切风雨。

　　世上本无事，庸人自扰之。春来草自青，花开蝶自来。悟得此中意，便能洒脱对待人生，也会离快乐越来越近。